조금이라도 위로가 된다면

조금이라도 위로가 된다면

절벽 끝에 서 있는 당신에게 보내는 말들

초 판 1쇄 2025년 04월 24일

지은이 마이클 최
펴낸이 류종렬

펴낸곳 미다스북스
본부장 임종익
편집장 이다경, 김가영
디자인 임인영, 윤가희
책임진행 안채원, 이예나, 김요섭, 김은진, 장민주

등록 2001년 3월 21일 제2001-000040호
주소 서울시 마포구 양화로 133 서교타워 711호
전화 02) 322-7802~3
팩스 02) 6007-1845
블로그 http://blog.naver.com/midasbooks
전자주소 midasbooks@hanmail.net
페이스북 https://www.facebook.com/midasbooks425
인스타그램 https://www.instagram.com/midasbooks

ISBN 979-11-7355-217-5 03810

값 **17,000원**

미다스북스는 다음세대에게 필요한 지혜와 교양을 생각합니다.

조금이라도 위로가 된다면

마이클 최 지음

절벽 끝에 서 있는 당신에게 보내는 말들

미다스북스

버티고 있는 _____에게 보내는 이야기

To.

절벽 끝에

서 있는

당신에게

To.

자
그
마
한

위
로
가

그
리
운

당
신
에
게

To. _____

절벽 끝에 서 있는
당신에게

삶을 포기하고 싶을 때

인생은 어떻게 달라질지 몰라요

삶을 포기한다고 달라질까요?

언제나 새벽이 오기 직전이 가장 어둡다.

– 토마스 풀러

저도 처음으로 삶을 포기하고 싶다고 생각했었던 때가 있었어요. 그때 저는 깜깜한 빈 원룸에 혼자 누워 있었어요. 그 모습이 초라했어요. 앞으로 살아갈 의욕도 의미도 찾지 못했어요. 무거운 몸을 일으켜 책상에 앉아 스탠드 불을 켰어요. 빈 종이 한 장을 눈앞에 두고 유언을 쓰기 시작했어요.

"엄마 아빠한테…"

 눈물이 나기 시작했어요. 이건 아니다 싶었어요. 펜을 제자리에 놓았어요. 다시 침대에 누워 천장을 봤어요. 지금 삶을 포기하는 것은 아니다 싶었어요. 삶을 포기하기 전에 하고 싶은 것 한 가지는 하고 그만둬도 괜찮을 것 같았어요. 하고 싶은 것을 하나 찾았어요. 하고 싶은 것을 하기 위해 시간과 에너지를 쏟다 보니 다시 삶을 살아가기 시작했어요.

 해가 뜨기 전에 가장 어두운 법이에요. 조금만 더 버려 보세요.

 그 뒤에도 삶을 포기하고 싶을 때가 있었어요. 오늘도 그 생각이 잠시 스쳤지만 삶을 포기하지 않기로 했어요. 조금만 시간이 지나면 '그때 포기하지 않기를 잘했구나.'라고 생각할 거예요. 저도 그랬으니까요.

 그래도 '힘들어 죽겠는데. 사라지고 싶은데.'라고 생각할 수 있어요. 그러면 잠시 모든 것을 내려놓고 햇빛이 있는 밖으로 나가 보세요. 걸어보세요. 하늘을 보세요. 잠시 제자리에 멈춰서 눈을 감고 주위 소리를 들어보세요. 들리지 않았던 소리가 들릴 거예요.

그래도 힘들다면 빈 종이 10장과 펜을 가지고 깨끗한 책상 앞에 앉아 보세요. 30분이라는 시간을 정해놓고 무작정 써보세요. 30분이 부족하다면 시간을 더 써도 괜찮아요. 30분이 너무 많다고 느낄 수도 있어요. 그래도 손을 멈추지 말고 아무거나 써보세요.

제가 삶을 포기하고 싶었을 때 시도했던 방법이에요. 조금이나마 도움이 되면 좋겠어요.

삶을 포기했을 때 인생이 어떻게 달라질지 저는 몰라요. 하지만 지금은 포기하지 않았으면 좋겠어요.

갑자기 가까운 사람을 떠나보낼 때

충분히 슬퍼하세요

제가 무엇을 할 수 있었을까요?

가장 조용한 절규는 웃는 얼굴 뒤에 숨는다.
- **로빈 윌리엄스**

　그때 누군가가 그 친구의 상황을 알아차렸다면 '그런 선택을 하지 않았을 수도 있지 않았을까…'라는 생각을 해요. 저도 그런 생각을 한 적이 있기에 마음이 더 아팠어요.

　오랜만에 지인 결혼식에서 그 친구를 만났었는데 제 이름을 기억하지 못한 적이 있어요. 저는 서운한 마음이 앞서서 그 친구 상황을 생각하지 않았어요. 지금 생각해보면 그 친구는 너무나도 힘든 시간을 보내고 있었던 시기였어요. 그때는 그 친구의 상황을 눈치채지 못하고 저를 알아봐 주지 않았던 친구에 대한 제 서운한 마음만 바라보고 있었어요.

그때 그런 상황인 줄 알았다면….

안 좋은 소식을 듣고 그때 마지막으로 결혼식에서 만났을 때가 생각났어요. 마음이 아팠어요. 그때는 할 수 있는 게 아무것도 없다는 사실이 저를 무기력하게 만들었어요. 이때만큼은 시간을 다시 돌리고 싶었어요. 어떻게 해서든지 그 친구를 다시 만나서 그러지 말라고 얘기하고 싶었어요.

장례식장에 갔어요. 누구도 서로 얘기하지 않고 자리에만 앉아 있었어요. 저도 자리에만 앉아 있다가 집으로 왔어요.

왜 이런 일이 일어난 것일까?

한동안은 멍하게 지냈어요. 눈물이 나지 않았어요. 지금도 이 친구와의 이별이 아직도 실감 나지 않아요. 제가 지금 할 수 있는 일은 주위에 이런 일이 다시는 일어나지 않도록 노력하는 것밖에는 없어요.

저는 아직 이 친구와의 이별을 마음에 받아들이지 못했어요. 언젠가는 받아들일 테지만 시간이 필요해요.

모든 것을 억지로 하지는 않으려고요.

지금은 제 자리에서 제가 할 수 있는 일을 생각하고 행동하는 것밖에는 없어요.

공감해 줄 사람이 없을 때

가장 깊이 알아줄 사람은 나 자신이에요

꼭 다른 누군가가 자신을 공감해 줘야 할까요?

공감이란, 그 사람의 입장에서
그 사람의 감정을 진심으로 느끼고 함께 아파하는 것이다.
– 푸름아빠

정말로 화가 나는 일이 있었어요. 너무나도 무례한 사람을
만났어요. 그렇게 짧은 시간 안에 누가 싫어지는 것은 처음
이었어요. 제가 느꼈던 마음을 친구한테 털어놨어요. 그 친
구가 제 얘기를 듣고 이렇게 얘기했어요.

"나는 더한 상황도 봤어."

이런 상황에서 다시는 그 친구한테 얘기하고 싶지 않았어
요. 저는 공감받고 싶었지만, 그 친구는 그렇게 해주지 않았
어요. 저는 왜 그 상황에서 공감받고 싶었을까요? 속상해서
그랬어요. 제 마음을 누군가가 알아주기를 바란 거예요. 그
런데 제 친구는 그 역할을 해주지 못했어요.

우리는 살다 보면 여러 가지 상황을 마주하기도 하고 다양
한 사람을 만나요. 그런 와중에 불편한 감정을 느낄 때가 있
어요. 불편하게 느끼는 데는 분명한 이유가 있어요. 많은 경
우는 어렸을 때 상처가 건드려져서예요.

저의 경우는 어렸을 때 충분한 공감을 받지 못한 거였어
요. 어머니께 종종 칭얼거렸어요. 어머니께서는 제가 칭얼거
리면 무엇을 어떻게 해야 할지 몰랐다고 하셨어요. 저는 제
얘기를 온전히 들어주고 공감해 주지 못했던 어머니께 서운
한 마음이 들었어요. 어머니께 이런 얘기를 듣고 싶었어요.

18

"우리 아들 속상했겠구나. 울고 싶으면 울고 화내고 싶으면 화내."

나중에야 알게 됐어요. 저희 어머니는 어렸을 때 칭얼거리는 것조차 못했다는 것을요. 착한 딸로 살아야 했기에 마음속에 있는 얘기를 하면 안 됐어요. 어머니께서도 어렸을 때 하고 싶은 얘기가 분명히 있었지만, 마음속에서 꺼내지 못했어요. 그러셨던 어머니에게 아들의 칭얼거림이 불편하게 다가왔던 것은 당연했어요.

이 사실을 알게 된 것만으로 많은 부분이 괜찮아질 수 있었어요. 커서도 그 상처가 올라오면 그 갈망을 다른 사람한테서 채우고자 했어요. 공감을 잘 해주는 사람이 그 틈을 잠시 채워줄 수는 있겠지만 궁극적으로 해결해 주기는 힘들어요. 더 중요한 것은 문제의 본질을 찾는 거예요.

본인이 왜 누군가한테 어떠한 상황에서 공감을 받고 싶은지 깊이 생각해 보세요. 다른 사람이라고 나의 어렸을 적 채

우지 못했던 갈망을 채워줄 수 있을까요?

결국에는 본인이 본인을 공감해 줄 수 있을 때 큰 변화가
생겨요.

기댈 곳이 없을 때

당신 안에도 버팀목이 있어요

누구한테 기댈 필요가 있을까요?

기대는 모든 고통의 뿌리다.

– 윌리엄 셰익스피어

기댈 곳이 없다고 느낄 때 가장 크게 와닿는 감정은 외로움이에요.

누군가에게 기대려고 했는데 기댈 수 없을 때, 그 감정은 몇 배 이상으로 다가와요. 저는 너무 외로워서 몸이 떨리고 잠도 편하게 잘 수 없었어요. 마음이 찢어지는 듯이 아프면서 제가 가여웠어요. 악순환이 시작되는 것을 느낄 수 있었어요. 어떻게든지 이 악순환을 끊고 싶으면서 동시에 이런 생각을 하게 됐어요.

'외로움이라는 감정은 어떤 것일까? 사람은 왜 이 감정을 느껴야 할까?'

이 감정이 싫어서 이런 생각을 하게 됐어요. 빨리 떨쳐 내고 싶었지만, 해답을 찾을 수 없었어요. 며칠간의 어둠 속을 헤치고 찾은 방법이 먼저는 제가 느끼는 감정을 무시하지 않는 거였어요. 일단 제가 느낀 감정을 인정하는 게 필요했어요. 그리고 상대방에게 무엇을 기대했는지 저한테 물어봤어요. 분명히 기대가 있었기에 실망한 걸 테니까요.

여건이 된다면 상대방에게 일어났던 상황에 관해 얘기해 보세요. 저는 이렇게 이야기를 꺼냈어요.

"내가 절벽 끝에 서 있는 기분이 들어서 도움을 구하고자 얘기를 했는데, 내 얘기를 진심으로 들어주지 않아서 더 힘든 시간을 보내야만 했었어."

그러면서 자연스럽게 풀릴 부분이 풀렸어요. 이 기회는 상대방과 더 얘기할 수 있는 발판이 되었어요. 그 이야기를 꺼내기까지 며칠이 걸리기는 했어요. 그 며칠은 저에게 고통의 시간이었지만 필요한 시간이기도 했어요.

제가 나중에 내린 결론은 외로움도 필요한 감정이라는 거예요. 이 시간을 통해 본인이 어떤 점에 취약한지, 무엇을 원하는지 생각할 수 있는 시간이 될 수도 있거든요. 물론 '이러한 고통의 시간 없이 마냥 행복하게 살면 좋지 않을까?'라고 생각한 적도 있지만, 그렇다면 인생이라 말할 수 있을까요?

힘들어서 도움이 필요할 때는 누군가에게 기댈 수 있어요. 하지만 우리가 기대는 사람도 사람이라는 것을 잊지 마세요.

완벽한 사람은 없어요.

본인의 의지가 있어야 해요

100% 회복이라는 게 있을까요?

우리가 두려워해야 할 유일한 것은 바로 두려움 그 자체다.

– 프랭클린 루스벨트

누구나 한번은 살면서 다쳐요. 가벼운 타박상일 수도 있고 크게 다쳐 수술해야 하는 일도 있어요.

저는 팔꿈치 인대가 끊어지는 일이 있었어요. 어쩔 수 없이 수술해야 했어요. 수술은 잘 됐지만 팔에 깁스를 6주 동안

해야 했어요. 그래도 앞으로 잘 회복될 것 같았어요. 드디어 깁스를 푸는 날이 됐어요. 예전처럼 팔을 움직이며 사용할 수 있을 줄 알았어요.

깁스를 풀고 팔꿈치를 굽히려 했는데 예전처럼 움직여지지 않아서 당황했어요. 깁스를 풀고 도수치료를 받아야 하는 것을 알고 있었지만 이렇게까지 굽혀지지 않을 줄은 몰랐어요. 다시 예전처럼 회복되기 위해 열심히 도수치료를 받기로 했어요.

처음 도수치료를 받고 끝난 날, 눈에 눈물이 고여 있었어요. 고문을 당하면 이런 기분이겠구나 싶었어요. 치료는 그냥 무작정 제 팔을 굽히는 식이었어요. 너무 아프기도 하고 답답했어요. 이거는 아니다 싶었어요.

팔이 다시 예전처럼 굽혀지지 않을까 봐 겁이 났어요.

의사 선생님은 남의 팔인 마냥 그냥 열심히 치료를 받으라고 하셨어요. 의사 선생님으로서는 남의 팔이 맞죠. 그런데도 서운하고 화가 나더라고요. 어느 특정 시간 안에 다시 굽혀져야 한다고 했어요. 그렇지 않으면 평생 지금처럼 굽혀지지 않는 상태로 살아야 한다고 했어요. 시간과 싸움에서 질까 봐 두려웠어요.

두려워하고 절망하면서 그냥 가만히 있지 않기로 했어요. 저를 제대로 도와줄 수 있는 병원을 찾아야 했어요. 운이 좋게 저를 도와주실 수 있는 분을 찾았어요. 회복 과정이 쉽지는 않았지만 팔이 점점 더 굽혀지면서 희망이 보였어요.

그런데 어느 지점 이후로는 팔이 더는 굽혀지지 않는 거예요. 다시 걱정이 됐어요. 하루는 팔 해부 사진을 인터넷에서 찾아봤어요. 인대가 고무줄 같았어요. 인대를 최대한 늘린 상태에서 더 늘리는 운동이 필요할 것 같았어요. 그 방법은 하나뿐이었어요. 팔꿈치를 최대한 피거나 굽힌 상태에서 제 의지로 손가락을 움직이면서 인대를 늘리는 것이었어요. 손에 공을 넣고 움직였어요. 놀랍게도 이 방법으로 제 팔은 거

27

의 예전처럼 회복됐어요.

마냥 누군가 무엇을 해주기를 기다리기보다는 결국에는 본인이 해야 100% 회복할 수 있다는 걸 알게 됐어요. 인생도 비슷해요.

배신당했을 때

상처는 남아도 나를 지킬 수 있어요

자신을 배신하는 것만큼 큰 배신이 있을까요?

최고의 복수는 불의를 행한 사람과는 다르게 행동하는 것이다.
- 마르쿠스 아우렐리우스

배신도 여러 종류가 있어요.

저한테는 이런 일이 일어날 줄 상상도 못 했어요. 드라마
에서만 일어나는 일인 줄 알았거든요. 그 당시에는 배신감이
너무 커서 삶의 의욕을 잠시 잃었어요. 화나고 억울했지만

29

결국에는 그 상황과 기억을 그냥 떠나보내고 빨리 잊어버리기 위해 노력했어요.

마음속 배신에 대한 분노가 컸기에 생각처럼 쉽지는 않았어요. 그래도 그 분노를 계속 제 마음속에 두는 것은 저를 갉아먹는 일이라는 걸 알았어요. 이를 악물고 잊어버리기 위해 힘썼어요. 다행히 노력하고 시간이 어느 정도 흘러가니 그 기억은 흐려졌어요.

지금 생각하면 그 선택이 저 자신한테 건강한 결정이었어요. 지금 만약 누군가의 배신으로 암울해 있다면 그만 거기서 벗어나세요. 언제까지 그렇게 암울해 있기만 할 건가요? 나중에 돌이키면 시간이 아깝다고 느낄 수도 있어요. 더 의미 있는 데 시간을 쓸 걸 후회할 수도 있어요.

물론 그 과정에서 느끼는 감정은 충분히 감싸안고 표출해 주세요. 이 과정도 가만히 있기보다는 다양한 방법으로 시도해보세요. 그 상황에 대한 글을 쓸 수도 있고 책을 읽을 수도 있고 운동할 수 있고 음악을 들을 수도 있어요. 본인에게 맞는 다른 방법이 있다면 그렇게도 해보세요. 충분히 감정을 흘려보냈다면 다시 본인의 인생을 찾아 걸어가세요.

가장 아픈 배신은 본인이 본인을 배신하는 거예요. 어떠한 상황에서도 자신에 대한 신념과 기준을 가지고 산다면 누가 무슨 짓을 벌이더라도 다시 일어나 앞으로 걸어갈 수 있어요. 그러니 본인이 본인을 포기하지 마세요.

우리는 살다 보면 뒤통수를 크게 맞는 일도 있어요. 맞고 쓰러질 수 있어요. 다시 일어나면 돼요. 너무 아프면 잠시 누워서 쉬다가 일어나세요. 누구에게나 다시 일어날 힘이 있다는 것을 잊지 마세요. 울고 싶으면 우세요. 화내고 싶으면 화내세요. 그 뒤에는 감사한 일을 하나씩 찾아보세요.

결국에는 본인이 그 상황을 어떻게 받아들이는지에 따라 많은 것이 바뀔 수 있어요.

마음이 어두울 때

그동안 보지 못했던 것이 보일 거예요

마음을 밝힐 수 있는 스위치가 있을까요?

가장 어두운 밤도 끝나고, 결국 해는 떠오른다.
– 빅토르 위고

마음이 어두운 이유는 각자 다르고 다양해요.

저도 마음이 어두워서 암울한 시간을 보냈던 시기가 있었어요. 배신, 상실, 의심, 무기력의 감정이 복합적으로 왔었어요. 원해서 마주한 어두움이 아니었어요. 금방 어두움이 거칠 줄 알았는데 오랫동안 지속됐어요. 이렇게 가만히 있다가 는 큰일 날 것 같았어요.

누군가가 제 마음속의 어두움을 거둬줬으면 했어요. 산책 하면서 눈을 감고 해를 바라봤어요. 조금은 괜찮아졌지만 크 게 나아지지는 않았어요. 우리 집 근처에 저와 친한 부부 친 구가 있었어요. 그 집에 가서 이런저런 얘기를 할 수 있었어 요. 처음에는 저의 어두운 면을 이 친구들이 보면 나를 다르 게 볼 수도 있지 않을까 하는 걱정도 있었어요. 그렇다 하더 라도 그냥 얘기해 보기로 했어요.

그 친구 둘은 제 얘기를 온전히 들어줬어요. 누군가가 제 얘기를 이렇게 들어주는 것만으로도 도움이 됐어요.

주위에 믿고 얘기할 친구가 있다면 얘기해 보세요. 만약 에 없어도 괜찮아요. 저 같은 경우는 주위에 아무도 얘기할 사람이 없었을 때는 얘기하고 싶은 내용을 빈 종이에 쓰기도 했고, 상담사를 찾아가 상담받기도 했어요. 오히려 모르는 사람한테 얘기하는 것이 더 도움이 되는 부분도 있었어요.

어느 정도 누구한테든지 어떠한 방식으로 속 얘기를 꺼내 놓았으면, 그다음에 했으면 하는 단계가 있어요. 내면의 소리 에 집중해 보세요. 왜 마음이 어두웠는지, 무엇이 문제였는 지, 어떻게 해답을 찾을 것인지 생각해 보세요. 마음이 어두 웠던 이유 중 하나는 제 내면만 들여다보고 있었기 때문이에 요. 시선을 돌려 바라봐야 할 곳을 바라보니 괜찮아졌어요.

움직이는 것도 도움이 돼요. 마음이 어둡다고 해서 가만히 있으면 더 어두워져요. 밖에 나가 달리는 것을 추천해요. 쓰 러지기 직전까지 달려보는 것도 좋아요. 달리기를 마칠 때쯤 에는 본인이 무엇 때문에 어두운 시간을 보냈었는지 기억도 나지 않을 수 있어요.

가끔은 시선을 다른 데로 돌려보세요.

버려짐의 아픔이 있을 때

버려진 아픔은 깊이 안아줘야 해요

버려짐의 상처는 어떻게 대처해야 할까요?

가장 무서운 가난은 외로움이며, 사랑받지 못한다고 느끼는 것이다.
- 마더 테레사

어린 나이에 아무런 힘이 없을 때는 부모에게 버려졌다고
느끼는 게 가장 아픈 상처이지 않을까 해요.

저희 부모님은 맞벌이를 하시느라 저를 할아버지 할머니
댁에 맡기고 갔어요. 제가 그때 3~4살 정도 되었을 거예요.

어머니께서는 제가 너무 어려서 저를 떨어뜨리고 가야 하는 이유를 설명해도 못 알아들을 것으로 생각하셨어요. 그래서 아무 말도 없이 저를 두고 가신 거예요.

할아버지께서는 제가 부모님과 헤어질 때마다 너무 많이 울어서 부모한테 이럴 거면 오지 말라고 하실 정도였어요. 그때의 기억이 많이 나지는 않아요. 그런데 어른이 되어서 누군가로부터 버림받은 듯한 감정을 크게 느꼈어요. 그때까지도 그 감정을 왜 느끼는지 몰라서 당황스러웠어요. 처음에는 그 사람한테서 느끼는 감정인 줄 알았어요. 나중에야 그 감정의 뿌리가 어린 시절에 있다는 걸 깨달았어요.

그 사실을 알게 된 것만으로 그 사람한테 생겼던 원망이 사라졌어요. 대신 그 원망이 부모님께 가게 됐어요. 한동안 부모님과 거리를 두었던 시기도 있었어요. 그래도 나중에 자연스럽게 알게 됐어요. 부모님이 나를 버릴 의도가 없었다는 것과 자녀를 키우는 일도 처음이었다는 것을요. 그때 부모님의 나이가 지금 제 나이와 비슷해요. 결코 많은 나이가 아니었지만, 최선을 다해 저를 키우셨다는 것에 감사해요.

요즘도 버림받은 듯한 감정을 느낄 때가 있어요. 그 감정을 느낄 때면 가슴 깊이 어딘가가 쓰리게 아파요. 이 감정의 원인은 알겠는데 아직 100% 회복되지는 않았어요. 상처는 상처이기에 완전히 회복되는 날이 올까 싶기는 해요. 저는 버려지고 싶지 않았어요. 부모님도 저를 버리려고 하신 것은 아니에요.

버려진다는 것은 죽음을 의미해요.

그만큼 힘든 감정이고 아픈 거예요. 그 감정을 그냥 흘려보내지 않았으면 좋겠어요. 저도 지금 그 감정이 저한테 다시 와 있다는 것을 인정하기 싫지만 인정하기로 했어요. 그 감정을 온전히 살피고 보듬어줘야 해요. 그게 절대 쉽지는 않지만, 그 고통을 견디고 나면 다음번에 같은 아픔이 올 때 훨씬 괜찮아질 거예요.

To. 결코 끝에 서 있는 당신에게

37

버려졌다는 감정을 느낄 때 그 감정의 근본적인 원인을 찾아 가보세요.

천천히 하나씩 움직이세요

늪에서는 어떻게 빠져나와야 할까요?

행동은 두려움을 몰아내고, 생각은 두려움을 키운다.
– 데일 카네기

생각의 늪에 빠져서 무엇인가가 나의 마음을 갉아먹고 있는 기분이 든 적 있나요?

각자 생각의 늪에 빠지는 이유는 다를 거예요. 저는 예전에도, 최근에도 '버림받았다'는 감정 때문이었어요. 예전에는

39

같은 감정에서 빠져나오는 데 2년이나 걸렸어요.

최근에도 누군가의 행동으로 버림받았다는 느낌을 받았어요. 받았던 느낌을 인지는 했지만, 머릿속으로는 정리가 되지 않았어요. 일단 어떤 생각을 하고 있는지 마주할 필요가 있었어요. 그래서 써보기로 했어요.

> "버림받은 기분이었다. 이 상황에서 이렇게 느끼는 내가 이상한
> 건가? 아니다. 이것은 나의 아픔이다. 어렸을 때 버림받은 적이
> 있기에 이런 기분이 드는 것은 당연하다. 그래서 잠도 잘 못 자
> 고 속도 뒤집히는 것 같고 심지어 감기까지 걸려 골골대고 있으
> 니 힘든 것은 당연하다. 회사에는 일도 많아 쉬지도 못하고 아픈
> 상태에서 출근하니 지치는 것은 당연하다. 지금의 내 상황이 안
> 쓰러운 것은 당연하다.

이렇게 적어 보니 조금은 가벼워졌어요. 지금 제 상황이 안쓰러운 것은 당연해요. 그러니 그 모습을 무조건 극복하기보다는 그대로 인정하고 그다음에 무엇을 할지 생각하는 것

이 어떨까 했어요.

몸 상태가 좋지는 않았지만, 그 주에 회사에서 진행해야 하는 프로젝트가 있었어요. 이 프로젝트에 집중하기로 했어요. 그다음에는 몸을 회복하기로 했어요. 퇴근하고 집에 와서는 무조건 쉬었어요. 잠도 충분히 잤어요. 다행히 프로젝트는 잘 마무리되고 몸 상태도 거의 회복됐어요. 그다음에는 제 마음과 감정을 돌보기 시작했어요. 독서와 쓰기는 제 마음을 돌아보는 방법 중 하나예요. 다행히 제 마음과 감정을 돌봐줄 수 있는 책을 찾아 읽고 저를 더 이해하는 시간을 가질 수 있었어요.

최근에도 예전 경험을 바탕으로 일주일 만에 늪에서 빠져나올 수 있었어요. 늪에서 한번 나오면 그다음에는 더 쉽게 나올 수 있어요. 만약 이번에 처음으로 늪에 빠졌다면 시간이 조금 걸릴 수 있어요. 하지만 다음번에는 그 기술을 터득해서 빠져나오는 게 쉬울 거예요. 그러니 포기하지 말고 하나씩 차근차근 무엇이든지 해보세요.

늪에서는 하나씩 차근차근 앞에 있는 것을 잡고 나와야 해요.

어디에도 속하지 못한다고 느낄 때

어디든지 속할 수 있어요

어디에 속해야 할 필요가 있을까요?

세상에서 가장 위대한 일은 자신에게 속하는 법을 아는 것이다.

– 미셸 드 몽테뉴

저는 한국에서 태어났어요. 그래서 한국 사람이라 생각하며 살았어요. 그런데 저는 한국에서 태어나 계속 살았던 사람과는 다른 점이 많았어요. '나는 한국 사람이 아닌가? 다시 캐나다로 돌아가야 하나? 그렇다고 캐나다 사람도 아닌데….'

그 당시 저는 한국에 계속 살 자신은 없고 캐나다에 다시 돌아갈 힘도 없었어요. 계속 지쳐있는 저 자신이 싫었어요. 제가 살아갈 수 있는 나라가 없는 느낌이었어요. 이런 생각이 들었어요.

'나는 어디에도 속하지 않는구나.'

인정하고 싶지 않았지만 인정할 수밖에 없었어요. 시간이 지나고 나니 인정한 것이 차라리 나았어요. 저는 더 유난히 남달랐어요. 다르기에 불편할 수밖에 없었던 것이었어요. 앞으로 무엇을 해야 할지 고민했고 저를 더 알아가는 것이 필요하다고 느꼈어요.

다양한 시도를 했어요. 글을 쓰고, 독서하고, 상담을 받았어요. 미술 작품도 조금씩 찾아봤어요. 저를 건드려 주는 작품을 통해 저 자신을 객관적으로 바라볼 수 있었어요. 그 시간 동안 저를 조금씩이나마 더 알아갈 수 있었어요. 그러면서 생각의 관점이 바뀌었어요.

'나는 어디든지 속할 수 있구나.'

생각의 관점을 바꾸니 어디에서든지 적응하고 살 수 있을 것 같았어요. 동시에 지금 있는 환경에서도 충분히 누리면서 역량을 펼치면서 살 수 있겠다 싶었어요. 하고 싶은 것도 찾아서 하나씩 해나갔어요.

물론 그 뒤에도 다시 무너지는 시간이 있었어요. 그래도 다시 일어났어요. 이전보다는 시간이 그렇게 오래 걸리지 않고, 금방 다시 일어날 수 있었어요. '나는 어디든지 속할 수 있구나.'라는 생각이 도움이 됐어요. 작지만 큰 생각의 전환을 만들어 보세요.

세상은 나를 맞춰주지 않아요. 본인이 어떤 모양인지 알고 그 모양에 맞는 환경을 찾아가는 것이 필요해요.

누구에게나 본인과 맞는 환경이 있어요.

우울할 때

당신은 여전히 당신이에요

오늘 내 마음은 어디쯤 머물고 있나요?

어려움 속에 기회가 있다.

  - 알버트 아인슈타인

우울은 본인의 의지와 상관없이 찾아와요.

우울하다는 것은 본인의 캐릭터에 맞게 살고 있지 않을 가
능성이 커요. 이 세상에 똑같은 사람은 없어요. 그런데 세상
은 모든 사람을 특정한 틀에 맞추려 해요. 그 틀에 맞추려다

보니 본인을 잃어가는 것은 어쩌면 당연한 일이에요. 이러한 세상에서 나로 살아갈 방법이 있을까요?

이 세상에는 다양한 동물들이 존재해요. 사자, 호랑이, 나무늘보, 고양이, 강아지와 같은 동물들이 있어요. 만약에 나무늘보가 사자처럼 살아야 한다면 얼마나 힘들겠어요? 느린 게 태생인데 빨리 뛰어야 하고, 사자처럼 소리를 낼 수 없지만 내는 척이라도 해야 한다면 얼마나 힘들겠어요? 사실상 불가능한 일이에요. 지금 본인도 자신이 아닌 다른 사람의 인생을 살고 있는지 한번 생각해 보세요.

계속 타인의 눈에 맞춰 살아간다면 어떻게 될까요? 우울해지는 것은 당연해요. 다른 사람이 원하는 삶을 사는 일은 필요 없는 에너지를 소모하는 일이기도 해요. 에너지를 필요한 곳에 쓰지 않고 산다면 인생이 얼마나 허무하겠어요?

저도 성실하게 살아가는 것이 답인 줄 알고 오랫동안 살았었어요. 제가 가고자 하는 길보다는 주위에서 가라고 하는 길을 묵묵히 걸어갔어요. 그렇게 살라고 배웠기 때문이에요. 착한 아이로, 말 잘 듣는 아이로 살아가는 것이 최선인 줄 알 았어요.

그런데 그게 아니었어요. 그건 저를 위한 삶이 아니었어 요. 그 사실을 깨닫고 우울한 감정이 심하게 다가왔어요. 타 인의 시선에 맞춰 더는 살고 싶지 않았어요. 타인의 인생을 살기에는 인생이 너무 아까운 거예요. 제 머릿속에 이 질문 을 던지게 됐어요.

'나는 지금까지 누구의 인생을 살아온 것인가?'

누구나 각자의 특색이 있다는 것을 잊지 않으면 좋겠어요. 더는 타인의 삶을 살지 않았으면 좋겠어요. 본인이 무엇을 원하는지, 앞으로 무엇을 하며 살고 싶은지 깊게 고민하는 시간을 가지세요.

우울은 이 시대에서 느낄 수 있는 자연스러운 감정이에요.

우울한 것은 잘못된 게 아니에요. 본인이 그렇게 느끼고 있다면 그런 거예요. 오히려 지금 시대에서 우울을 한 번도 맞이하지 않는 게 더 이상할 수 있어요. 자신의 감정을 소중히 다루세요. 자신이 누구인지 하나씩 알아가세요.

본인의 인생을 살아가는 방법을 하나씩 찾아가세요.

이별한 지 얼마 안 됐을 때

지금 느끼는 감정을 그냥 흘려보내지 마세요

다시 누구를 만날 수 있을까요?

사랑의 아픔은 살아있는 아픔이다.

그것은 결코 완전히 치유되지 않는 영원한 상처이다.

- 무라카미 하루키

제가 여자친구와 이별한 이후에 썼던 내용이에요.

'누구보다도 가깝게 친했던 사람이 하루아침에 남이 됐어요. 어떤 얘기도 나누었던 사람이 이제는 없어요.'

이별하면 마음도 몸도 정신도 아파요. 안 아픈 데가 없어요. 한때는 누구보다도 사랑했던 사람이 사라진다는 것은 감당하기 힘든 고통이에요. 이별을 건강하게 극복할 방법이 있을까요? 마냥 시간이 해결해 주기를 기다려야 할까요?

저한테는 슬픔과 외로움이라는 감정이 크게 다가왔어요. 슬픔은 울면서 풀면 되는데 저는 우는 방법을 몰랐어요. 외로움을 달래는 방법도 몰랐어요. 한동안은 속을 썩이면서 우울하게 지냈어요. 그렇다고 술을 마시면서 시간을 보내지는 않았어요. 몸이 더 안 좋아질 것 같았거든요. 대신 종이에 글을 쓰기 시작했어요. 그러면서 문득 알게 된 사실은 아래와 같아요.

저에게 이별은 버림받는 상처와 연결돼 있다는 것이었어요. 헤어졌을 당시에는 이 사실을 몰랐어요. 단순히 이별해서 힘든 것으로 생각했어요. 동시에 버려졌다는 감정도 함께 왔다는 것을 나중에 알게 됐어요. 그래서 그토록 힘들었다는 것을 인정하게 되었어요. 표면적인 이별만으로도 충분히 힘들었을 텐데 어릴 적 아픔까지 건드려졌으니 힘든 게 당연했어요.

이별을 통해 자신의 어떤 감정이 같이 건드려지는지 알 수만 있다면 덜 힘들 수 있어요. 그것을 알아내기는 쉽지 않지만 온 힘을 다해 알아가려고 노력해 보세요. 저는 독서와 글을 통해 조금씩 천천히 알아갈 수 있었어요. 지금도 저에 대해 알아가는 중이에요.

이별은 힘들지만, 그 시간을 통해 자신을 돌아보고 한층 더 성장한다면 지금의 이별이 나중에는 추억이 될 수 있어요. 물론 지금은 그렇게 생각하는 게 불가능해요. 충분히 슬퍼하고 울 수 있다면 우세요. 상대방에게 하고 싶은 얘기도 마음껏 하세요. 조용한 데서 소리칠 수도 있고 종이에 하고 싶었던 말을 마음껏 써볼 수도 있어요.

그리고 머지않은 시간 안에 다시 새로운 사랑을 할 수 있을 거예요. 너무 상심하지 않기를 바라요.

이별은 또 다른 인연의 시작이에요.

원래의 길을 다시 걸어가세요

자신을 잃으면 무엇이 남을까요?

자신을 잃는 것은 외부 세계에서 사라지는 것이 아니라,

자신 안에서 자신을 발견하지 못하는 것이다.

– 에크하르트 톨레

'나'로 살아가는 것이 이렇게까지 힘든 줄 몰랐어요. 특히 한국이 더 그런 부분이 있어요. 우리나라는 한민족임을 강조 해왔어요. 그러면서 다름을 인정하지 않는 문화가 자연스럽 게 정착된 것도 있어요. 그렇다면 어떻게 살아가는 것이 필

요할까요?

이 세상에 똑같은 사람은 아무도 없어요. 쌍둥이도 외모는 비슷하더라도 달라요. 그러니 모두가 비슷했으면 하는 문화 속에 살아가는 우리는 힘든 것이 당연해요. 나는 나인데 계속 다른 사람이기를 바란다면 어떻게 해야 할까요? 싸우면서 자신을 지킬 방법이 있을까요?

제가 한국으로 돌아와서 가장 힘들게 느꼈던 부분은 하고 싶은 말과 하고 싶은 행동을 자유롭게 할 수 없었던 거예요. 타인의 시선에 불편함을 느꼈어요. 그 시선이 따가웠고 그 시선을 느낄 것 같으면 하고 싶은 말과 행동을 하지 않게 됐어요. 그러면서 위축되기도 했고요.

하고 싶은 말을 못 하면 속에서 병이 나요. 어떠한 형태로든지 표출하는 것이 필요했어요. 그래서 쓰기 시작했어요. 제가 쓴 글에 대해서는 뭐라고 하는 사람이 없었어요. 물론 그 당시에는 누구한테도 보여주지 않았기에 뭐라고 할 사람이 없었던 것이죠. 그렇게 표현하는 것만으로도 제가 어떠한 생각을 하고 있고 앞으로 무엇을 하고 싶은지 정리됐어요. 그러면서 다른 사람한테 얘기하는 것도 덜 신경 쓰게 됐어요.

제가 하는 행동에 대해서도 타인의 시선을 덜 신경 쓰면서 사는 방법을 터득했어요. 물론 자신이 한 행동이 누군가한테 피해를 준다면 문제가 되지만 그렇지 않다면 자유로워도 되지 않을까요? 저한테 질문하기 시작했어요. 제가 하는 행동의 목적성을 돌아봤어요. 목적성이 분명했기에 누가 뭐라고 해도 덜 신경 쓰게 됐어요. 만약에 누군가 뭐라고 해도 '그래서?'라고 속으로 질문을 던지니 가던 길을 묵묵히 갈 수 있었어요.

누군가의 방해로 본인이 하고 싶은 말과 행동을 하지 못한다면 얼마나 슬픈 일이에요. 평생 다른 사람의 기준에 맞춰 살지 않으면 좋겠어요. 본인이 생각하는 기준점을 명확히 가지고 묵묵히 걸어간다면 자신을 잃지 않으면서 세상을 더 자신 있게 살 수 있지 않을까 해요.

자신을 잃는다는 것은 전부를 잃는 거예요.

쓸모없다고 느낄 때

그렇지 않다는 것을 알게 될 거예요

어디에 쓸모가 있을 필요가 있을까요?

당신이 하는 일은 차이를 만든다.
그리고 당신은 어떤 차이를 만들지 결정해야 한다.

- 제인 구달

쓸모 있는 사람이 되고 싶었어요. 그런데 저를 찾아주는 데가 아무 데도 없었어요.

어느 곳에도 쓸모가 없는 저 자신을 보면서 우울한 날을

57

보내고 있었어요. 할 수 있는 게 아무것도 없다고 느꼈어요. 엘리베이터에 버튼조차 누를 힘이 없을 만큼 무기력하고 지쳐있었어요. 세상에 제가 존재해야 하는 이유를 몰랐어요.

그 시기에 한 친구한테 연락이 왔어요. 영어 통역할 일이 생겼는데 맡아서 해달라는 것이었어요. 그때 제 상태가 좋지 않아서 힘들 것 같다고 얘기했어요. 그 친구는 지금 도와줄 사람이 없어 꼭 도와달라고 했어요. 제가 잘할 수 있을지 걱정됐지만 마지못해서 한다고 했어요.

통역할 때는 다른 것을 생각할 수가 없어요. 온전히 거기에만 집중해야 전달할 내용을 놓치지 않고 얘기할 수 있어요. 처음 통역을 시작했을 때는 집중이 되지 않았어요. 이러면 안 되겠다 싶어 정신을 가다듬고 통역하는 일에 집중했어요. 다행히 그 일을 무사히 끝낼 수 있었어요. 끝나고 자연스럽게 이런 생각이 들었어요.

'나도 쓸모 있을 데가 있네?'

기분이 나아졌어요. 제 존재를 다시 인정하고 싶었어요. 그때부터 제가 할 수 있는 일을 하나씩 다시 찾아서 했어요. 하나씩 해나가면서 계획대로 되는 일도 있었지만 그렇지 않은 일들이 더 많았어요. 그런데도 다시 일어날 힘이 존재했어요. 어딘가에는 나와 맞는 일이 있다는 것을 알았어요.

모든 것을 잘할 수 없어요. 잘하는 게 있으면 못하는 게 있는 것도 당연해요. 자신의 강점을 살리는 데 더 집중하는 것이 더 의미가 있지 않을까 해요. 물론 못하는 게 있고 잘하고 싶다면 차근차근 배워나가면 돼요.

우리는 살면서 누군가의 평가를 받으며 살아가요. 다른 데서 누군가가 본인의 가치를 판단할 수 있어요. 그런데 그 판단에 동요되고 안되고는 본인의 선택이에요. 누군가의 판단에 본인의 가치를 맡기지 않았으면 좋겠어요.

나의 가치는 내가 알아차리는 것이 첫 단계에요.

지금까지 모은 재산을 잘못 투자했을 때

잃어도 다시 시작할 수 있어요

돈이 주는 의미가 무엇일까요?

시간은 돈보다 더 귀하다.

돈은 다시 벌 수 있지만, 시간은 다시 얻을 수 없다.

– 짐 론

　우리는 매일 많은 선택을 하며 살아가요. 저는 열심히 일해서 어느 정도의 돈을 모았어요. 그 돈으로 더 많은 돈을 벌고 싶었어요. 7년 동안 열심히 일해서 모은 돈을 어디에 투자했지만, 그 투자는 예상대로 흘러가지 않았어요.

7년 동안 매일 아침 출근하고 일해서 모은 돈이 없어질 수도 있을 것 같았어요. 그러자 '지금 내가 여기서 일을 더 하는게 무슨 의미가 있지?' 싶었어요. 하지만 다시 생각이 들었어요. 그럼 저는 7년을 의미 없이 보내게 된 것인가요? 제가 일한 이유는 돈만 벌기 위해서였을까요?

'만약에 7년 동안 모은 돈을 7개월 안에 벌 수 있다면, 6년 5개월은 하고 싶은 것을 하면서 지낼 수 있지 않을까?'라는 생각을 이어서 하게 되더라고요. 그렇다면 또 고민이 생겼어요. '내가 앞으로 무엇을 하며 살고 싶은가? 어떻게 시간을 살 수 있을까?'

처음에는 원망도 했어요. 여기를 추천해 주신 분이 밉기도 하고 그 결정을 내린 저 자신한테도요. 그런데 어쩌겠어요. 이미 결정을 내렸고, 이건 이미 지난 일인 것을요. 잠시 이 돈은 잊어버리기로 했어요. 앞으로 어디에 시간을 쓰고 무엇을 하며 살지 더 초점을 두기로 했어요.

지금 저에게 돈이란, 시간을 얻기 위한 수단이에요. 이 시간을 벌기 위해 할 수 있는 것을 해보려고요. 만약에 처음 투자한 돈이 계획대로 진행되었다면, 돈이 주는 의미를 이렇게 깊이 생각하지 않았을 거예요. 큰 생각 없이 회사에 다녔겠죠. 물론 지금도 회사에 다니지만, 지금처럼 명확한 목표를 갖지는 않았을 거예요.

우리는 살다 보면 계획대로 되지 않는 일들을 마주해요. 모든 것을 잃을 수도 있어요. 그 시점에서 어떻게 다시 일어날 것인지가 중요해요. 평상시에는 떠올릴 수 없었던 생각을 절망 속에서 하고 그 생각을 행동으로 옮긴다면 더 좋은 일이 생기지 않을까요?

일이 계획대로 되지 않더라도, 그 일이 나에게 주는 의미가 무엇인지 생각해 보면 좋겠어요. 앞으로 무엇을 어떻게 할지 초점을 두는 것이 훨씬 의미 있지 않을까요?

타인의 시선이 싫을 때

싫은 이유가 분명히 있어요

타인의 시선을 신경 쓰지 않고 살 방법이 있을까요?

남이 어떻게 생각할지를 걱정한다면, 평생 그들의 포로로 살게 된다.
- 노자

어린아이들은 세상의 중심이 자신이에요. 우리는 어느 순간
부터 그 중심이 타인에게 옮겨진 것일까요? 어떠한 이유로 옮
겨진 것일까요? 그 중심을 다시 자신에게 돌아오게 할 수 있을
까요? 그래서 더는 타인의 시선을 신경 쓰지 않고 살 방법이 있
을까요?

타인의 시선이 두려워 누구도 만나기 싫었던 때가 있었어요. 한국으로 돌아와서 특히 더 그랬어요. 캐나다에서는 겨울에 반팔과 반바지를 입고 돌아다니면 사람들이 '저 아이는 열이 많은 아이구나!'라고 생각했어요. 한국에서는 그렇게 입고 돌아다니면 '저 이상한 놈'이라는 소리를 들어요.

최근에 사진 전시회에서 작품 하나를 봤어요. 새 한 마리가 정면을 바라보는 사진이었어요. 그 작품이 불편했어요. 왜 불편한지 생각해 보니 그 새가 저를 째려본다는 느낌을 받았던 거예요. 그 순간 뒤통수를 한 대 맞은 느낌을 받으면서 한 가지 깨달은 게 있었어요.

'저 새조차 나를 째려본다고 느끼는데, 누군가가 나를 의도적으로 째려봤을 때는 감당하기 힘든 게 당연한 거였구나!'

이렇게 인정하니 한결 괜찮아졌어요.

제 생각에 한국은 특히 더 다양성 존중에 인색해요. 그래서 타인의 시선이 더 불편하다고 느낄 수 있어요. 본인이 불편하다고 느끼는 것이면 불편한 거예요. 그 감정을 그냥 흘려보내지 마세요. 잠시 멈추고 무엇이 불편한지 알아차리는 것만으로 괜찮아질 수 있어요.

제가 불편하게 느끼는 감정은 부모님과 관련이 있어요. 어렸을 때부터 저에겐 늘 부모님의 시선이 따라다녔어요. 그 시선에서 저는 복합적인 감정을 느꼈어요. 믿음과 기대가 있던 동시에 의심과 걱정도 섞여 있었어요. 이와 비슷한 시선을 누군가에게서 느끼면 불편해지는 것이었어요.

이 사실을 알게 되는 데 오랜 시간이 걸렸어요. 그래도 계속 그 감정을 쳐다보고 이유를 찾아내려고 했던 시도들이 나중에는 도움이 됐어요. 물론 모든 것이 짧은 시간 안에 해결되면 좋죠. 그래도 시간이 걸리고 고뇌하는 만큼 더 단단해져요.

먼저는 본인이 어떤 시선을 불편하게 느끼는지 파악하고 왜 그러는지까지 생각해 보세요.

회사를 그만두고 싶을 때

떠남도 머무름도 나의 선택이에요

매일 사표를 마음속에 품고 출근하시나요?

당신의 일은 당신 인생의 많은 부분을 채울 것이며,

진정으로 만족하는 유일한 방법은 당신이 위대한 일이라고

믿는 일을 하는 것이다.

- 스티브 잡스

저도 그래요.

저는 평생을 앞에 놓인 길을 열심히 달려왔어요. 여태까지

달려와서 지금은 어느 한 회사에 다니고 있어요. 그런데 회사에서 하는 일이 제가 원했던 일인지 모르겠더라고요. 계속 이렇게 다니는 것이 맞는지도 고민돼요. 지금까지 회사에서 보냈던 10년처럼 앞으로 있을 10년을 그렇게 보내고 싶지는 않아요. 회사를 그만둔다고 하니까 주위에서 한결같이 이렇게 얘기해요.

"네가 아직 세상 무서운 줄을 모르는구나. 감사한 마음으로 회사 계속 다녀."

감사하지 않은데 어떻게 감사한 마음으로 회사를 계속 다닐 수 있을까요? 회사에서는 저를 끊임없이 괴롭히는 사람이 있어요. 당장 그만두고 싶은데 무엇이 저를 망설이게 만드는 것일까요? 아무래도 현실이라는 벽 앞에 아직은 작아져요.

너무 복잡하게 생각하지 않을래요. 회사 내에서 해볼 수 있는 일은 해보고 그때도 정말 아니다 싶을 때 그만두려고요. 조금만 더 시도해 보려고 해요. 이 선택이 최선일지는 모르겠지만 일단 행동해 볼 생각이에요. 가만히 있겠다고 해서 해결될 일은 아니에요.

생각해 보면 제가 회사에 와서 제일 잘한 일 중 하나는 버틸 만큼 버티다가 절대 못 하겠다 싶어서 그만둔다고 얘기한 일이에요. 무슨 조건이 들어와도 그만둔다고 했어요. 그러자 이상한 일이 일어났어요. 막혔던 마음이 뻥 뚫렸어요. 그 당시에도 그만둔다는 말을 하고 싶었지만 1년 동안 속에서 끙끙 앓아 왔는데, 그때 그렇게 얘기하니 살 것 같았어요.

회사에서 모든 스트레스를 받으면서 버틴다고 무엇이 달라질까요? 진급? 연봉 상승? 이 과정에서 건강을 잃고 쓰러진 사람도 봤어요. 결국에 진급과 연봉상승이 무슨 소용이 있죠? 그것만은 잊지 않았으면 좋겠어요.

건강을 잃으면 모든 것을 잃어요.

지금 본인 상태가 절대 회사에 있을 수 있는 상황이 아니라면 어떠한 선택이 필요해요. 정답은 없어요.

본인이 여기가 아니다 싶으면 아닌 거예요. 그만두고 싶으면 그만두세요.

To.

자그마한 위로가 그리운
당신에게

가족이 그리울 때

충분히 그리워하세요

그리움을 어떻게 떨쳐 낼 수 있을까요?

슬픔은 우리가 사랑에 대해 치르는 대가이다.
– 퀸 엘리자베스 2세

가족은 가장 기본적인 관계예요. 독립하기 전까지는 같이 먹고 생활하다가 결혼하면 새로운 가족이 생겨요. 또 같이 먹고 한 지붕에서 생활해요. 그래서 다른 관계보다 더 특별해요. 아무리 좋아도 미워도 가족은 가족이에요. 그래서 그런지 가족과의 이별은 더 애틋하기 마련이에요.

우리는 여러 가지 이유로 가족과 떨어져 지낼 때가 있어요. 저는 고등학생 때 가족과 떨어져 캐나다에 갔어요. 캐나다에 도착해서 홈스테이 어머니와 함께 한국은행에 계좌를 만들러 갔어요. 그 은행에서 근무하던 한국 직원의 눈에는 외국 아주머니와 들어온 어린 제 모습이 가여워 보였나 봐요. 나중에 명함을 주면서 도움이 필요하면 연락하라고 했어요. 그때까지만 해도 가족과 떨어져 사는 것이 실감 나지 않았어요.

시간이 지날수록 가족에 대한 그리움이 커졌어요. 특히 부모님에 대한 그리움이 컸어요. 그럴 때마다 제가 캐나다에 왜 왔는지 돌아보았어요. 더 나은 미래를 위해서였어요. 그 중에서도 영어를 배우기 위한 목적이 컸었어요. 그리울수록 영어 공부를 더 열심히 했고 가족을 다시 볼 수 있는 날을 바라보면서 지냈어요.

그 당시 저는 가족을 보러 가기 위해 한국에 다시 오는 날을 기다렸어요. 그랬기에 힘들고 외로운 시간을 보내더라도 버렸어요. 가족을 다시 만날 수 있다면 그날까지 자기 일에 최선을 다하면서 시간을 보내는 것도 좋은 선택이에요.

만약에 가족을 다시 만날 수 없는 상황이라면 그 그리움은 영원하겠죠. 그럼에도 동시에 자신의 삶을 살아가야 하지 않을까요? 그리워만 하고 아무것도 하지 않을 수도 있어요. 그렇지만 그 시간이 너무 오래가지는 않았으면 좋겠어요.

아무리 그리운 사람이 있더라도 그 사람은 당신이 그리움에 사무쳐 아무것도 하지 않고 슬퍼하기만을 바라지 않을 거예요. 그래도 충분히 슬퍼하는 시간을 가지면 좋겠어요. 원망해야 한다면 충분히 원망도 하면 좋겠어요. 그다음에 다시 일어나서 하나씩 해나가세요.

가족과 떨어져 살아야 하는 운명이라면, 어느 시점에는 인정하며 살아가야 해요. 인정하기 싫어도 인정해야 변화가 생길 수 있어요. 그리움은 어쩔 수 없어요.

그리움은 영원히 안고 가야 해요.

나를 위한 신호일 수 있어요

최근 내가 무리했던 순간은 언제였나요?

휴식은 피로를 없애는 것이 아니라, 자신을 다시 찾는 것이다.
- 파블로 피카소

감기에 걸리면 무기력해요. 특히 독감은 더 그래요. 열도 나고 기침도 하고 머리도 아프고 집중도 안 되고 제대로 할 수 있는 게 없어요. 빨리 낫기를 바라죠.

직장인은 아픈 몸을 이끌고 출근해야 해요. 어떻게든지 업무를 끝내고 다시 처진 몸을 끌고 집으로 돌아와 평상시보다는 일찍 자려고 해요. '다음날이면 괜찮아지겠지.' 하지만 이 상태가 며칠 계속되면 하루를 그냥 푹 쉬었어야 했는가도 생각해봐요. 일이 무엇이기에 이렇게까지 해야 하나 고민도 돼요.

제가 감기가 싫었던 이유는 시간 때문이었어요. 우리는 앞으로 살아가면서 쓸 수 있는 시간이 한정적이에요. 아파서 아무것도 하지 못하면 시간을 낭비하는 것 같았어요. 시간이 낭비되기 싫어 빨리 회복되기만을 바랐어요. 그런데 생각보다 회복 속도가 느렸어요. 그러면서 이런 생각을 해봤어요.

'빨리 회복돼서 무엇을 그렇게 하려고 하는 것이지? 쉬지 않고 무엇인가를 계속하는 것이 필요한가?'

우리는 어렸을 때부터 성실해야 한다고 배웠어요. 자기 생각을 펼치기보다는 어른들이 닦아 놓은 길을 묵묵히 걸어가야 한다고 배웠어요. 하지만 본인 인생인데 타인의 원대로 사는 것이 얼마나 의미가 있을까요? 가던 길을 멈추고 앞으로 어떤 인생을 살고 싶은지 잠시 생각해 보세요.

감기도 이와 비슷해요. 우리는 쉴 때 쉬어줘야 해요. 그런데 그것을 인지하지 못하고 계속 달릴 때 몸에 신호가 오는 거예요. 어딘가 아프기 시작해요. 하지만 이렇게 아픈 건 좋은 신호라고 생각해요. 아무런 신호도 없다가 갑자기 쓰러지는 것보다는 낫잖아요.

사람은 쉬지 않고 계속 달릴 수 없어요. 쉬는 시간이 필요해요. 그런데 우리는 학창 시절 온전히 쉬는 방법을 배운 적이 없어요. 지금이라도 쉬는 방법을 배우고 에너지를 축적하는 시간을 가져보는 게 어떨까요? 온전히 쉬는 게 어떤 것인지 한번 생각해 보세요.

저도 이번에 아프면서 앞으로 하고자 하는 목표의 목적성을 다시 생각하는 계기가 됐어요. 조금 더 구체적인 이유와 방향을 찾아 다시 차근차근 걸어가려고 해요. 이번에는 몸이 아프기 전에 의식적으로 쉬어가면서 걸어가려고요.

감기는 본인이 의식적으로 쉬지 못할 때 잠시 쉬고 돌아보라는 몸의 신호에요.

거절이 두려울 때

거절도 시도해 봐야 당할 수 있어요

어떤 거절이 두려운가요?

나는 실패를 받아들일 수 있다. 누구나 뭔가는 실패한다.
하지만 시도조차 하지 않는 것은 받아들일 수 없다.

– 마이클 조던

거절당하면 어때요?

거절당하면 주눅이 들어요. 자신감도 줄어들고 마음이 아
프기도 해요. 아파지고 싶지 않아 도전하지 않고 가만히 있

는 것도 방법일 수 있어요. 그런데 아무 것도 못하고 안절부절하는 것보다는 거절당해서 아프더라도 도전해 보는 게 낫지 않을까요?

정답은 없어요. 거절당하더라도 도전하지 않는 게 더 낫다고 판단되면 그만 미련을 두고 다른 방향을 선택하는 거예요. 미련이 남을 것 같으면 끝까지 도전해 보세요.

제가 가장 많이 받은 거절은 여러 출판사로부터예요. 지금까지 팔백 군데가 넘는 출판사로부터 거절당했어요. 적어도 한 군데로부터는 계약될 줄 알았는데 그러지 못해서 실망했어요. 하지만 아무것도 하지 않고 실망만 할 수는 없었어요.

그 뒤로도 계속 출판사에 문을 두드렸는데 계속 거절당했어요. 나중에는 거절이 익숙해졌어요. '될 때까지 두드리자.'라는 마음으로 했어요. 드디어 2년의 도전 끝에 어느 한 출판사로부터 연락이 와 책을 출간할 수 있게 됐어요.

거절을 여러 번 당할수록 속상하기도 하지만 그만큼 단단해져요. 그 과정에서 평상시 생각하지 못했던 것을 생각하게 돼요. 더 발전된 모습으로 나아갈 수 있는 발판이 되기도 하고 다른 사람에게 좋은 영향을 주기도 해요.

다른 사람의 아픔을 이해할 수 있는 최고의 사람은 그 경험을 해본 사람이에요. 비록 지금 이 거절의 아픔이 자신을 괴롭히더라도 극복하고 이겨낸다면 그 경험을 통해 또 누군가에게 위로가 될 수도 있지 않을까요?

지금 저도 거절당할까 봐 두려워하지 않고 있는 게 있어요. 그래도 계속 끝까지 도전해 보려고요. 제가 가야 할 길이라면 그 길로 갈 것이고, 아니라면 수긍하고 받아들일 생각이에요.

그러니 거절당하더라도 한번 시도해보는 게 낫지 않을까요?

공부를 열심히 해도
점수가 오르지 않을 때

오르지 않아도 괜찮아요

점수의 의미가 무엇일까요?

나는 학교 교육이 내 배움을 방해하게 두지 않았다.

- 마크 트웨인

제가 캐나다에 살 때 6점 만점에 5점 이상을 받아야 하는 시험이 있었어요. 영어 쓰기 시험이었어요. 처음으로 시험을 봤는데 4점을 받았어요. 몇 번 더 보면 5점이 나올 것 같았어요. 하지만 제 생각이 틀렸었어요. 그 뒤로 스무 번을 더 봤어요.

2년이라는 기간 동안 이 시험을 매달 봤어요. 관련 수업도 듣고 열심히 썼어요. 가장 힘들었던 건 제 실력이 향상되는지 알 수 없었던 거예요. 점수로만 제 실력을 판단하니 4점이라는 틀 안에 갇혀 있는 느낌이었어요. 그렇지만 사실 제 실력은 향상되고 있어요. 물이 끓는점에 도달할 때까지 가만히 있는 거처럼요.

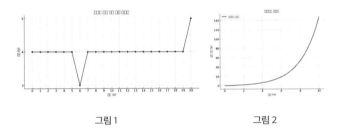

그림 1   그림 2

물론 중간에 3점을 한번 받기도 했지만, 이 3점은 채점자의 주관일 수도 있고 그날 제 상태가 좋지 않아서였던 것 같기도 해요. 공부하는 만큼 점수가 오르면 좋죠. 하지만 오르지 않는다고 해서 좌절하지 마세요. 본인이 시도하고 있다는 게 중요한 거예요. 무엇을 잘해보겠다는 의지가 있는 거잖아요.

이 사실을 잊지 마세요. 지금 노력하는 과정이 당장의 결과로 나오지 않을 수 있어요. 점수로 나타나지 않을 수도 있어요. 언젠가는 자신도 모르게 이 과정이 도움이 되는 날이 올 거예요. 이 길이 맞다면 끝까지 시도해 보세요.

대학생 때 쓰기는 제가 제일 하기 싫어하는 일이었어요. 제가 하고 싶어서가 아니라 해야 하는 일이었기에 했어요. 그래도 포기하지 않고 계속 썼어요. 생각해 보면 그때의 과정이 있었기에 지금 작가가 될 수 있었어요. 지금은 어느 때보다 쓰는 것을 좋아해요. 지금 겪고 있는 고통이 나중에는 자산이 될 수 있다는 것을 잊지 마세요.

점수는 숫자에 불과해요.

내 아이가 나가서 노는 것이 불편할 때

어렸을 때부터 놀아야 해요

어린아이는 놀아야 하지 않을까요?

놀이는 어린이들의 일이다.

- 마리아 몬테소리

우리도 어린아이처럼 나가서 놀고 싶을 때가 있어요. 그런데 내 아이가 나가서 혼자 놀 생각을 하면 걱정부터 앞서는 이유가 무엇일까요?

도서관에서 글을 쓰고 있었어요. 제 옆에는 초등학교 저학

년 아이가 앉아서 문제집을 풀고 있었어요. 그 아이를 보자마자 이런 생각이 들었어요.

'저 아이는 나가서 얼마나 놀고 싶을까?'

그 아이에게 '나가서 마음껏 놀아라!'라고 얘기해주고 싶었어요. 제 아이가 아니어서 그렇게 얘기하지 않았지만요. 그 아이의 모습이 지금의 제 모습과도 유사한 면이 있는 것 같았어요. 저도 어느 때는 나가서 어린아이처럼 놀고 싶어요.

어느 순간부터 놀이터에서 부모님 없이 혼자서 노는 아이를 보기 힘들어졌어요.

저 같은 경우만 해도 어렸을 때 놀이터에 나가면 놀고 있는 친구들이 있었어요. 같이 술래잡기, 축구, 농구, 발야구, 야구, 경찰과 도둑, 탈출, 얼음 땡 같은 놀이를 하면서 즐거운 추억을 쌓았어요. 어떤 놀이를 할지 친구들과 얘기하고 자유롭게 탐험도 하면서 동네를 돌아다녔어요. 저희를 지켜

88

보는 어른은 없었어요.

요즘은 놀이터에서 노는 아이들 주위에 보호자가 있어요. 어떻게 보면 감시자로 볼 수도 있어요. 누군가가 아이들을 돌봐줘야 한다고 하지만 예전에는 아이들끼리 자유롭게 놀 았어요. 지금의 아이들은 예전만큼 탐험하지 않아요. 그 과 정에서 분명히 배우는 게 있는데도 말이죠.

어른이 되면 대부분은 회사에 다녀요. 매일 출근하고 퇴근 하는 모습이 쳇바퀴를 도는 일과 비슷해요. 그런데 아이들도 이와 유사한 생활을 하고 있어요. 어려서부터 그러한 생활을 한다면 너무 잔혹한 게 아닐까요?

조금 더 크면 아이들은 학원으로 가요. 학원을 가야 친구 를 만날 수 있어요. 무엇인가 잘못됐어요. 아이들에게 자유 가 없어지고 있어요. 어떠한 변화가 필요해요. 지금이라도 우리 아이들에게 무엇이 최고의 선택인지 생각해 보세요.

아이는 자유롭게 놀아야 해요.

가치 없는 얘기는 흘려보내세요

다른 사람 뒷이야기를 하는 사람은 어떤 사람일까요?

강한 사람은 아이디어를, 평범한 사람은 사건을,
약한 사람은 남을 이야기한다.

– 소크라테스

우리는 살다 보면 듣고 싶은 얘기도 듣지만 반대의 얘기도
들을 때가 있어요.

누군가가 본인의 뒷이야기를 하는 것을 들었을 때 기분이

어떠세요? 당연히 화가 나고 억울해요. 누군가가 다수일 때는 더 비참한 감정이 들어요. 하지만 그 감정에 휘말려 아무 것도 할 수 없다면 누구의 손해인지 생각해 볼 필요도 있어요.

그렇다면 이런 상황을 어떻게 대응하는 게 좋을까요? 그 사람을 찾아가 뭐라고 할 수도 있고 그냥 흘려보낼 수도 있어요. 저 같은 경우는 풀어낼 수 있는 관계라 생각하면 언젠가는 그 사람을 찾아가 얘기해 보려 해요. 대신 화난 감정을 가지고 바로 찾아가지는 않아요. 시간을 가지며 감정을 어느 정도는 추스르고 찾아가서 얘기해요.

그런데 보통은 이런 상황에서 풀리지 않는 관계가 더 많아요. 한번 생각해 보세요. 그 사람이 당신에 대해서만 안 좋은 이야기를 하는 것인지, 아니면 다른 사람들의 흉도 보는지요. 대부분은 후자일 거예요. 그렇다면 언젠가는 그 사람의 인성이 많은 사람한테 드러날 거예요.

그 사람한테 무엇인가를 하려고 애쓰지 마세요. 대신 내가 그 사람이 하는 말에 왜 불편함을 느끼는지 돌아보세요. 자신을 돌아보는 데 에너지 쓰는 것이 더 효과적일 거예요. 상대는 쉽게 바뀌지 않아요. 하지만 본인은 본인이 노력하는 만큼 바뀔 수 있어요.

그런 사람을 보면 나도 모르게 내가 다른 사람의 뒷이야기를 한 적은 없는지 돌아보게 되기도 해요. 만약에 그렇다면 반성하고 잘못된 부분은 고쳐나갈 수 있는 계기가 될 수도 있어요.

만약에 그 사람의 얘기로 너무 화가 나거나 억울하다면 그 감정은 어떠한 방법으로든지 풀어야 해요. 대신 그 사람한테 가서 그 감정을 풀 생각은 하지 않으면 좋겠어요. 상황이 더 안 좋아질 가능성이 커요. 필요하다면 주위에 도움을 요청하세요. 저 같은 경우 주위에 아무도 없다면 도서관으로 향해서 그 상황에 가장 마음에 와닿는 제목의 책을 찾아서 읽어요.

다른 사람의 안 좋은 얘기를 자주 하는 사람은 가장 못난

사람이니까 너무 신경 쓰지 않으면 좋겠어요.

면접에서 떨어졌을 때

떨어진 것은 기회, 흔들린 것은 마음뿐이에요

결과보다 내가 최선을 다한 지점은 어디였나요?

실패는 단순히 다시 시작할 기회일 뿐,
이번에는 더 지혜롭게 시작할 수 있다.

- 헨리 포드

앞으로 무엇을 해야 할까요? 왜 저는 최종 면접에서 계속
떨어지는 것일까요?

예전에는 한자리를 두고 1년 동안 일곱 번의 면접을 본 적이

95

있었어요. 그때도 마지막 면접에서 떨어졌어요. "그럴 거면 왜 1년 동안 끌면서 일곱 번의 면접을 보게 한 거죠?"라고 관련자에게 물어보고 싶었어요. 결국에 물어보지 못했지만요.

이번에도 진심으로 가고 싶은 자리가 있었고, 될 줄 알았는데 떨어졌어요. 앞으로 무엇을 하는 게 좋을지 잘 모르겠고 막막해요. 'Fail Big(크게 실패해라)'이라는 말이 있지만 계속 도전을 해도 면접에서 떨어지니 당분간은 도전하지 않는 것이 맞겠다는 생각이 드네요.

그래도 생각을 바꿔 보려고 해요. 내 생각은 내가 선택할 수 있어요.

제 생각에 면접에서 떨어지는 것은 단지 그 조직과 맞지 않을 뿐이에요. 그 이상도 그 이하도 아니에요. 오히려 떨어뜨릴까 말까 고민하다가 붙인 조직에는 가지 않는 것이 나을 수도 있어요. 갔다가 안 맞을 수도 있거든요. 한편으로 지금 제 상황을 자기 합리화한다 생각할 수 있어요. 실제로 그러는 것일 수도 있고요. 하지만 지금은 이렇게라도 생각해야 기분이 괜찮아져요.

제가 이번에 지원했던 자리는 회사에서 성장할 수 있는 자리였어요. 성장하고 싶었어요. 하지만 회사에서 성장하는 것도 중요한데 개인적으로 성장하는 것이 훨씬 더 중요해요. 지금 하는 일은 제가 조절만 잘하면 업무 외 모든 시간은 제가 원하는 개인 시간으로 가져갈 수 있어요.

아무래도 이번 면접에서 떨어진 건 앞으로 잘하는 일에 더 많은 시간을 쏟으라는 의미인 것 같기도 해요. 제가 좋아하고 잘하는 일에 더 많은 시간을 쏟아보려고 해요.

면접관이 면접에서 나를 떨어뜨릴 수는 있지만 나라는 존재를 떨어뜨릴 수는 없어요. 면접에서 떨어진 것은 그냥 떨어진 것뿐이에요. 그 이상도 그 이하도 아니에요. 나중에 면접관도 후회할 거예요. 사람을 제대로 보지 못했다는 것을….

그러니 면접에서 떨어졌다고 해서 우울해하지 말아요. 새로운 길은 항상 열려 있어요.

상사의 정치질에 지칠 때

과감한 결단이 필요할 수 있어요

상사가 팀 내에서 정치질하는 것은 무슨 의미일까요?

리더십의 예술은 '예'라고 말하는 것이 아니라,
'아니오'라고 말하는 것이다. '예'라고 말하는 것은 매우 쉽다.

- 토니 블레어

더는 쓸데없는 곳에 에너지를 뺏기기가 싫어요.

제 팀장이 팀 내에서 정치질을 하고 있어요. 아무래도 이
건 아니에요. 그런데 친구 얘기를 들어보니 다른 곳에서도

To. 지그마한 위로가 그리운 당신에게

이런 일이 일어나더라고요. 결국에 그 친구는 그 회사를 떠났어요. 이직한 다른 회사에는 그렇게까지 하는 사람은 없다고 했어요.

저는 지금 그런 곳에 있어요. 지칠 대로 지쳤어요.

무엇을 어떻게 하면 좋을까요?

저에게는 지금 세 가지 선택권이 있어요. 더 버티든지, 팀을 변경하든지, 회사를 떠나든지. 더는 못 버틸 것 같아서 아무래도 팀을 변경하든지 회사를 떠나려고요. 조금만 더 생각하고 결정하려고 해요. 다행인 것은 이 팀에 남아 있는 게 저한테 좋지 않다는 것이 명확해졌다는 거예요.

어느 회사에든지 정치질하는 사람은 있어요. 자신의 에너지를 쓸데없이 뺏기는 일도 그 팀장도 당연히 싫죠. 그런데 싫어만 한다고 해결되는 일은 아니에요. 본인이 할 수 있는 일을 곰곰이 생각해 보는 것이 더 효율적이지 않을까 싶어요. 오늘은 저만의 생각하는 시간을 갖기로 했어요. 그러면서 이렇게 글을 쓰고 있어요. 앞으로 어떻게 해결해 갈지는 저한테 달렸어요.

누군가가 저와 비슷한 고민을 하거나 고통을 겪고 있다면 조금만 더 힘내라고 얘기하고 싶어요. 힘내서 본인이 할 수 있는 일을 해보세요. 저는 더는 끌려다니지 않으려고요. 10년 넘게 끌려다녔으면 됐어요.

이런 생각을 할 수도 있어요. '다른 곳으로 갔을 때 이런 사람이 또 있으면 어떡하지?' 그런데 그럴 확률은 희박해요. 제 친구도 저와 비슷한 상황에서 그 회사를 그만두고 다른 데로 이직했어요. 세 곳의 다른 회사에 다녔는데 그와 비슷한 사람은 아직 어디에도 없었어요.

우리는 살면서 원하지 않는 환경에 놓일 때가 있어요. 어느 지점까지는 버티는 게 필요해요. 하지만 아니다 싶을 때는 과감한 결정을 내리는 게 필요해요. 건강을 잃으면 아무

To. 지그마한 위로가 그리운 당신에게

소용이 없어요.

팀장이 그 팀에서 정치질한다는 것은 빨리 그 팀을 떠나라
는 뜻이에요.

선택을 못 할 때

결정을 믿고 걸어가 보세요

선택에 답이 있을까요?

우리를 진정으로 들어내는 것은 능력이 아니라 선택이다.

- J. K. 롤링

우리는 누구나 선택하며 살아가요. 매 순간 선택의 갈림길에 서 있죠. 오늘 아침만 해도 알람을 듣고 바로 일어날 것인지 아니면 조금 더 잠을 잘 것인지 고민하신 분들이 있었을 거예요. 저도 요새 춥다는 핑계로 아침 운동을 가지 않고 있어 잠을 더 자는 경우가 많아요. 더 자겠다고 선택을 한 거죠.

103

그래도 더 나은 선택은 있어요. 알람을 듣고 바로 일어났을 때는 그날 하루를 더 힘차게 살아가요. 그날의 첫 싸움에서 이긴 거죠. 어떤 것을 선택할지 모를 때는 좋은 점과 나쁜 점을 써보는 것도 도움이 돼요. 정리도 되고 시각화가 돼요. 힘든 결정을 하기에 앞서 이 방법으로 도움받았어요.

제가 가장 오랫동안 고민하고 내린 선택은 회사를 그만둔다고 얘기하는 것이었어요. 1년 넘게 망설였는데 더는 가만히 있다가는 어떻게 될 것 같았어요. 회사에 얘기하기로 마음먹은 후 절차가 있으니 팀장한테 먼저 그만둔다는 얘기를 꺼냈어요. 회사를 그만두겠다고 선택을 하니 예상치 못한 좋은 일들이 일어났어요.

1. 얘기하는 것만으로도 묵은 체증이 내려가는 느낌이었어요.
----
2. 생각지도 못한 한 달의 휴가를 얻었어요.
----
3. 그 뒤로 참을 때 참더라도 해야 할 때는 할 말을 하며 살아가

   고 있어요.

최악이 무엇인지 아세요? 아무 선택도 하지 않고 가만히 있는 거예요. 지금 당장 고민하는 게 있다면 시간을 정해놓고 시도해 보세요.

우리는 또한 과거에 내린 선택을 후회하며 살아가기도 해요. 그런데 후회해도 아무 소용이 없더라고요. 제가 내렸던 선택 중 가장 오랫동안 후회했던 것은 캐나다에서 다시 한국으로 돌아온 거였어요. 지금 생각해 보면 후회한 시간이 아까워요. 그래도 어쩌겠어요. 본인이 내린 선택인 것을….

반대로 캐나다로 다시 돌아간다면 한국에서 그리워할 것이 무엇인지 상상해 봤어요. 생각보다 많았어요. 그렇다면 여기 있는 동안 제가 최대한으로 누릴 수 있는 것을 누리며 과거에 내린 선택에 후회하지 않고 현재에 집중하는 것이 의미 있지 않을까요?

선택은 본인이 내린 결정이에요. 그 결정을 믿고 걸어가 보세요.

스마트폰에서
벗어나고 싶을 때

나도 나를 돌봐야 해요

스마트폰은 왜 이름이 스마트폰일까요?

기술은 유용한 하인이지만, 위험한 주인이 될 수 있다.

- 크리스티안 L. 랑게

하루에 스마트폰을 몇 시간 보시나요?

우리나라 통계로 국민 절반이 하루에 2시간 이상을 본다고
해요. 스마트폰 중독의 기준이 어떻게 될까요?

공통으로 얘기하는 세 가지 기준이에요.

1. 하루 2시간 이상 사용
----
2. 없으면 불안함
----
3. 화장실 갈 때 들고 가야 함

혹시 여기에 해당하시나요? 그렇다면 본인이 스마트폰에 중독되었다는 것을 인정하세요. 인정하는 것이 모든 것의 첫 단계에요.

스마트폰의 중독에서 왜 벗어나야 할까요? 스마트폰의 가장 큰 폐해는 뇌를 망가뜨린다는 거예요. 집중할 곳에 집중할 힘을 뺏어요. 무엇에 집중할지도 모르게 만들어요. 그렇다면 스마트폰의 중독에서 벗어나야 하지 않을까요? 어떻게 벗어날 수 있을까요?

1. 하루 사용 시간 측정: 2시간 이하로 사용할 때까지 시도
----
2. 의식적으로 스마트폰 없이 다니기: 없어도 불안하지 않을 때

까지 시도

---

3. 화장실 갈 때 들고 가지 않기

마지막으로 평상시 스마트폰을 사용했던 시간에 스마트폰 대신 다른 무언가를 재미있게 할 수 있을지 생각하고 해보는 것도 방법이에요.

스마트폰을 왜 멀리해야 하는지에 대해 쓴 책을 읽어보는 것도 방법이에요. 저는 『인스타 브레인』과 『도둑맞은 집중력』을 읽으면서 왜 스마트폰으로부터 거리 두기가 필요한지 더 깊이 생각하고 행동하게 됐어요.

잠을 자기 전에도 스마트폰을 볼 때와 보지 않고 잤을 때, 다음 날 컨디션 차이는 커요. 그만큼 본인도 모르게 뇌에 영향을 주고 숙면을 방해하는 거예요. 그보다는 깨어 있을 때 어느 하나에 집중할 수 있는 최상의 컨디션을 만드는 게 좋지 않을까요?

스마트폰은 당신을 스마트하게 하지 않아요. 오히려 그 반대에요.

시차 적응을 못 할 때

당신의 시간에 맞는 세상도 있어요

적응이 유일하게 사는 길일까요?

놓아주는 과정에서 당신은 성장할 것이다.

- 맨디 해일

사람은 적응의 동물이라 하지만 시차 적응은 쉽지 않아요.

저는 보통 다른 나라에서 한국으로 오면 일찍 눈을 떠요. 처음에는 어떻게든지 더 자려고 했는데 2시간 넘게 뒤척이는 제 모습을 보면서 그냥 일어나기로 했어요. 잠이 오지 않은데 자려고 하는 것도 꽤 고통스러운 일이에요.

그때가 새벽 4시였어요. 새벽은 고요하고 아무도 방해하지 않아요. 일어나자마자 물을 마시고 화장실에도 갔다가 책상에 앉았어요. 무엇을 할지 잠시 고민했어요. 책상에 놓인 책을 읽었더니 그 자리에서 다 읽을 수 있었어요.

그런데도 아직 5시였어요. 밖에 나가서 달리기를 했어요. 그 시간에 사람과 차가 돌아다니더라고요. 항상 잠을 자고 있던 시간에 어떤 사람들은 하루를 이미 시작하고 있었어요. 그래도 밖은 고요했어요. 달리기하고 돌아왔는데 아직 5시 30분이었어요. 샤워하고 배가 고파 간단한 아침을 먹었어요.

다시 책상에 앉았는데 그래도 6시였어요. 글을 쓰기 시작했어요. 한 챕터를 그 자리에서 다 쓸 수 있었어요. 누구도 방해하는 사람이 없었어요. 아침에 제가 하고 싶은 것을 하고 시작하니 하루가 달랐어요.

물론 그 뒤 다시 시차 적응을 하고 다시는 4시에 일어나지는 않고 있어요. 그래도 이 경험을 통해 깨달은 게 있어요.

1. 사람의 몸은 적응하는 데 시간이 필요하다.
----
2. 적응하지 못하는 시간 속에 할 수 있는 것이 분명히 있다.
----
3. 생각만 하지 말고 행동하자.
----
4. 아침을 활용하자.
----
5. 적응 못 해도 괜찮다.

시차뿐만 아니라 우리는 어떠한 상황에서 적응하려고 노력해요. 하지만 그 환경이 본인과 맞지 않고 적응해야 하는 시기가 아니라고 생각하면 굳이 본인을 희생하면서까지 적응할 필요는 없어요.

어떤 상황에서 적응하지 못할 때는 무조건 적응할 필요는 없어요.

다시 일어날 수 있어요

무엇을 기준으로 실수했다 할 수 있을까요?

실패는 단지 더 현명하게 다시 시작할 기회일 뿐이다.

– 헨리 포드

우리는 누구나 살면서 실수해요.

그 실수 하나로 마녀사냥 하듯이 덤비는 사람들이 있어요. 여러 사람이 그렇게 몰아치면 정신 차리기가 쉽지 않아요. 소용돌이에 자신도 모르게 빨려 들어갈 수 있어요. 그 소용돌이에서 빠졌다면 나와야 해요. 어떻게 빠져나올 수 있을까요?

본인이 실수했다면 그 실수를 먼저 바라보세요. 본인이 봐도 잘못한 것인지 아니면 억울하게 당한 것인지를요. 잘못한 것이라면 잘못을 인정하고, 사과해야 한다면 사과하세요. 그리고 앞으로 본인이 어떻게 개선해 나갈 수 있는지 살펴보면 돼요. 만약에 억울하다면 다른 사람의 말은 신경 쓰지 마세요. 본인이 해왔던 일과 앞으로 하고 싶은 일을 계속하세요.

실수 하나로 제자리에 계속 머물러 있어야 한다면 누구 손해일까요?

이 상황이 슬프면 펑펑 우세요. 너무 화나면 표출하세요. 다만 화난 사람한테 직접 풀기보다는 운동, 글쓰기, 안전한 장소에서 소리 지르기 같은 방법이 좋아요. 넘어져도 다시 일어나세요. 너무 아프거나 힘들면 잠시 회복될 때까지 누워 있다가 다시 일어나세요. 하나씩 해나가면 돼요.

모든 것을 놓지 않으면 좋겠어요. 무엇이든지 다시 할 수 있고 실수 하나로 인해 삶의 의미가 없어지는 것은 아니에요. 다시 예전처럼 살아갈 수 있어요. 이번만 잘 버티면 나중에 누군가 자신처럼 힘들 때 도와줄 수도 있어요.

보통 누군가의 실수를 기다렸다가 덤비는 사람은 못난 사람이에요. 그러니 너무 신경 쓰지 마세요. 괜찮은 사람은 어떻게든지 도와주려고 해요. 이번 일을 통해 본인도 더 괜찮은 사람이 될 수 있어요. 물론 쉽지 않지만 그래도 본인에게도 다시 일어설 힘이 있다는 것을 잊지 마세요.

지금의 힘든 시간이 지나고 본인이 하고 싶은 것을 누리면서 보낼 수 있는 행복한 시간을 상상해 보세요. 지금의 힘든 일은 그냥 지나갔던 일로 기억될 거예요. 누군가가 자신의 기준으로 판단하고 뭐라고 하더라도 거기에 휘둘릴 필요는 없어요.

삶의 기준을 다른 사람한테 두지 마세요.

실패가 두려울 때

두려운 마음을 안고도 나아갈 수 있어요

실패의 정의가 무엇일까요?

나는 실패한 게 아니다. 잘 안 되는 방법 만 가지를 찾아낸 것뿐이다.

– 토마스 에디슨

가장 크게 실패했던 일이 무엇인가요? 지금 실패가 두려워서 하지 못하고 있는 것이 무엇인가요?

제가 경험한 건 고등학교 전학 실패, 영어 쓰기 시험 실패, 대학교 수업 실패, 입사 실패, 대학원 입학 실패, 책 출간 실패가 있었어요.

캐나다로 유학 갔을 때 처음 갔던 고등학교에 한국 사람
이 많았어요. 저는 영어를 더 배우고 싶어 다른 학교로 전학
가려고 했어요. 교육청에 가서 간단한 레벨 테스트를 받으
러 갔는데 교육청 직원이 이 시험은 'Pass/Fail' 기준이 없다
고 했어요. 그래서 시험을 편하게 봤어요. 그런데 저는 그 시
험에서 'Fail'을 받았어요. 억울했지만 시험 봤던 학교에 전학
갈 수 없었어요. 대신 다른 사립 학교에 도전해서 그 학교로
갔어요. 오히려 한국 사람이 거의 없는 고등학교로 전학 갈
수 있었어요. 덕분에 영어가 늘었어요.

캐나다에서 봐야 했던 영어 쓰기 시험이 있었어요. 특정한
점수를 받아야 했어요. 그렇지 않으면 대학교를 졸업할 수
없었어요. 어느 정도 노력하면 필요한 점수를 받을 수 있을
것 같았어요. 하지만 그것은 안일한 생각이었어요. 그 시험
을 2년 동안 총 열아홉 번 봤어요. 피나는 노력 끝에 마지막
에 겨우 필요한 점수를 받았어요. 덕분에 쓰기 실력이 늘었

어요.

대학생 때부터 입사하고 싶었던 회사가 있었지만, 서류전형에서 떨어졌어요. 나중에 알고 보니 제가 대학생 때부터 입사하고자 했던 회사는 군대 문화가 강한 편이었어요. 덕분에 저와 문화가 더 맞는 회사에 입사할 수 있었어요.

가고 싶었던 대학원이 있었어요. 이번에는 서류에 붙었어요. 하지만 면접에서 떨어졌어요. 대학원에서 보내야 했을 시간을 독서하는 데 썼어요. 독서하면서 본격적인 글쓰기도 시작했어요. 덕분에 작가가 될 수 있었어요.

첫 번째 책 출간을 시도했지만, 어디에서도 연락이 오지 않았어요. 그 뒤로 두 번 더 도전했지만, 또 연락이 없었어요. 네 번째 도전에 첫 책을 출간할 수 있었어요. 덕분에 지금 세 가지 좋은 주제를 잘 묵혀두고 있어요. 언젠가는 세상에 나올 예정이에요.

그 당시에는 실패라고 생각됐던 경험들이 지금 돌아보면

더 큰 것을 이루기 위한 과정이었어요. 실패는 실패가 아니었어요. 물론 지금도 두려워서 도전하지 못하고 미루고 있는 것이 있지만 하나씩 시도할 거예요.

실패는 과정이에요.

여유가 없을 때

'잠시 멈춤'도 나를 지키는 일이에요

왜 이렇게 바쁜 것일까요?

삶은 속도만 높이는 것보다 더 많은 것이 있다.

– 마하트마 간디

하고 싶은 것은 많은데 또 해야 할 일은 왜 이렇게 많은 것일까요? 무엇이 잘못된 것일까요? 아무리 일을 빨리 끝내려 해도 일은 계속 쌓이고 스트레스는 받고 인생이 왜 이럴까요? 좋은 방법이 없을까요?

120

저는 일만 하지 않으면 쓸 수 있는 시간이 많아질 텐데, 돈이라는 현실 앞에서 과감한 선택을 못 하고 있어요. 과감한 선택이 필요한 때일 수도 있지만 아직은 주저하고 있어요. 시간을 더 만들어보기 위해 잠을 줄여보기도 했어요. 그랬더니 오히려 다음날 피곤한 상태로 집중해야 할 것에 집중하지 못했어요.

무엇을 어떻게 하면 좋을까요?

1. 우선순위 정하기
----
2. 아침 활용하기

우선 이 두 가지를 시도해 봤어요. 여유 시간이 생겼어요. 우선순위를 정하니까 포기할 것은 포기하게 됐어요. 중요한 것 순서대로 하나씩 해나가니 오히려 같은 시간 안에 더 많은 것을 끝낼 수 있었어요. 그뿐만 아니라 집중할 것을 찾고 더 집중할 수 있었어요.

원래 일어나는 시간보다 2시간 일찍 일어났어요. 먼저 운동하고 독서하고 글을 썼어요. 아침이 좋은 이유는 아무도 방해하지 않는다는 사실이에요. 온전히 몰입할 수 있어요. 아침 1시간은 저녁 2시간 이상의 가치가 있어요. 자기와의 싸움에서 이기는 아침을 시작하면 하루가 달라져요.

너무 바쁘고 힘들면 의식적으로 쉬는 시간을 만드세요. 오히려 그 쉬는 시간이 더 많은 시간을 효율적으로 사용할 수 있게 도와줘요. 불가능하더라도 시도하세요. 주위에 도움이 필요하다면 양해를 구하세요. 한 번쯤은 누군가의 도움을 받아도 괜찮아요.

의식적으로 여유 시간과 마음의 여유 공간을 만드세요. 앞으로 무엇을 하고 싶은지 그때 생각하세요. 계획하고 행동하세요. 우리는 모든 것을 한 번에 다 할 수 없어요. 하지만 하나씩 차례대로 하고 싶은 것은 할 수 있어요.

항상 바쁘다는 것은 본인 시간을 잘 활용하지 못하고 있다

는 의미이기도 해요. 주위에 많은 것을 이룬 사람을 한번 봐

보세요. 오히려 여유 있는 모습을 볼 수 있을 거예요.

바쁘게 살지 않을 방법은 있어요.

외국에 사는데 한국으로 돌아오고 싶을 때

그리움은 어디에나 있어요

외국에서 외국인으로 산다는 게 쉽지 않죠?

만족은 가장 큰 부유함이다.

- 노자

'헬조선'이라는 말이 있어요.

그만큼 한국에서 사는 게 힘들다는 뜻이죠. 그래서 외국으로 나가는 경우가 종종 있어요. 그런데 막상 외국으로 나가니 거기서 사는 것도 만만치 않아요. 다시 한국으로 돌아가야 하

124

나 생각도 해요. 어디서 살아야 만족하며 살 수 있을까요?

저도 한국에 살 때 외국의 좋은 점을 생각했고, 외국에 살 때는 한국의 좋은 점을 생각했어요. 다시 한국으로 돌아와 외국을 그리워했어요. 왜 살고 있던 나라에 만족하지 못했던 것일까요? 정작 만족할 때 만족하지 못했던 이유가 무엇이었을까요?

한국으로 돌아와 10년이 지나서야 드디어 한국 생활에 적응한 것 같았어요. 적응했다고 느낀 기준점은 '나도 여기서 할 일이 있구나.'였어요. 그리고 반대로 다시 외국으로 나간다면 한국의 무엇을 그리워할지 생각해 봤어요. 그렇다면 지금 여기에 있는 동안 그리워할 것들에 대해 감사하며 마음껏 누려보자는 마음이 생겼어요.

지금 외국에 살면서 한국이 그립더라도 한국으로 막상 돌아왔을 때 외국을 그리워할 요소를 생각해 보세요. 한국으로 돌아왔을 때는 절대로 할 수 없고 누릴 수 없는 것이 있어요.

To. 지그마한 위로가 그리운 당신에게

125

그렇다면 지금 외국에 있는 동안 그것들을 감사한 마음으로 마음껏 누려보는 것이 어떨까요?

한번 적어보세요. 본인이 사는 나라에서 누릴 수 있는 점들을요. 제가 한국에 살면서 감사하고 있는 점은 아래와 같아요.

1. 작가가 되었다.
----
2. 나만의 루틴으로 건강한 몸과 정신을 유지할 수 있다.
----
3. 가족을 언제든지 볼 수 있다.

100% 만족이라는 것은 없어요. 다만 본인이 마음먹기에 따라 100%에 가까워질 수 있어요. 생각의 전환이 필요해요. 쓰레기 더미에서 보물을 찾는 사람이 있고 보물 더미에서 쓰레기를 찾는 사람이 있어요.

당신은 어떤 선택을 할 건가요?

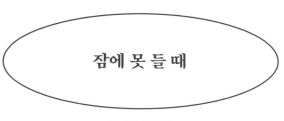

잠에 못 들 때

그런 밤도 괜찮아요

사람은 왜 잠을 자야 할까요?

나는 잠을 사랑한다. 내가 깨어 있을 때, 내 인생은 무너질 때가 많다.
– 어니스트 헤밍웨이

  예전에는 잠을 못 자게 하는 고문 방법이 있었어요. 그만큼 잠을 못 자면 괴로운 거예요. 저는 일정 시간 잠을 자지 않으면 다음 날 생활하는 데 큰 무리가 있어요. 최소 6시간 그래도 7~8시간의 잠을 자려고 해요.

예전에 충격을 받아 떨쳐 내고 싶은 생각을 떨쳐 내지 못해서 잠을 못 잤던 시간이 있었어요. 괴로움과 악순환의 연속이었어요. 매일 피곤했어요. 처음에는 그 상황을 타인의 탓으로 돌렸어요. 그 분노가 잠을 못 자게 했던 가장 큰 이유 중 하나였어요. 그 분노를 떨쳐 내야 했어요.

시간이 지나면서 자연스럽게 해결될 줄 알았는데 그렇지 않았어요. 이렇게 살다가는 병이 날 것 같았어요. 잠을 제대로 못 자니 면역력도 떨어지고 예민해지고 판단도 흐려졌어요. 변화가 필요했어요. 왜 화가 나고 슬프고 무기력한지 이유를 알아내야 했어요.

표면적으로는 누구와의 관계 속에서 올라오는 감정 때문이었어요. 그런데 이게 궁극적인 원인은 아니었어요. 그 감정이 올라오는 이유가 분명히 있었어요. 대부분은 어렸을 때 인정받지 못했던 감정이었어요. 그냥 흘려보낼 수 있는 일도 그렇게 하지 못하고 있었어요.

감정의 궁극적인 이유를 알아가는 데 시간이 필요했어요. 모든 것을 알아낼 수 없었지만 그래도 하나씩 알아가면서 저라는 사람이 어떤 사람인지도 더 알게 됐어요. 그러자 다시 잠을 깊이 잘 수 있었어요.

누구에게나 약점이 있어요. 그 약점을 건드리는 사람도 어디엔가는 있어요. 평생 그 사람을 안 만날 수도 있지만 만나게 된다면 잠을 못 자는 경우까지 가기도 해요. 이런 경우에 제가 시도했던 방법이에요.

1. 잠을 못 자는 표면적인 이유를 찾는다.

----

2. 표면적인 이유에 대한 감정을 인정하고 표출한다.

----

3. 잠을 못 자는 궁극적인 이유를 찾는다. (시간이 걸릴 수 있음)

----

4. 궁극적인 이유에 대한 감정을 인정하고 표출한다.

----

5. 편하게 다시 잔다.

숙면하기 위한 환경과 상태를 만드는 것은 본인의 노력도 필요해요.

잠은 휴식이에요.

기다림 속에서도 당신은 빛나요

언제까지 기다려야 할까요?

상대에게 당신이 선택지일 뿐인데, 당신은 그를 우선순위로 두지 마라.
– 마크 트웨인

누구를 좋아한다는 것은 설레는 일이에요. 자주 연락하고 싶고 연인으로 발전하고 싶죠. 잘되면 좋고 안되면 좌절하죠. 지금 누군가와 잘 되고 싶은가요?

제가 대학생 때 좋아하는 사람이 있었어요. 같이 밥을 먹기로 했어요. 만날 시간이 다가올수록 빨리 만나고 싶었어요. 그런데 연락이 되지 않았어요. 약속 시간이 다가와도 다시 전화가 오지 않았어요. 왠지 모르게 불안해서 메시지를 보냈어요.

"오늘 만날 수 있어?"

답이 없었어요. 일단 약속 장소로 나갔어요. 1시간을 기다렸는데 오지 않았어요. 저녁도 먹지 않고 그냥 혼자 집으로 돌아왔어요. 저녁 늦게까지도 연락이 오지 않아 문자를 하나 더 보냈어요.

"걱정된다….."

다음 날에서야 연락이 왔어요. 핸드폰을 기숙사에 두고 부모님 댁에 갔다 왔다는 거예요. 약속은 깜빡했대요. 그 당시 저는 그 친구의 말을 믿었어요. 지금 생각해 보면 그 말이 사실이 확률이 낮아요. 그 친구는 다시 약속을 잡자는 말은 하지 않았어요. 나중에 그 친구가 다른 친구와 팔짱 끼고 가는

132

모습을 보게 됐어요. 마음이 쓰리면서 아팠어요.

그 감정은 오래갔어요. 시험도 다가오는데 집중이 되지 않았어요. 그 학기 성적은 좋지 않았어요. 계속 집중할 곳에 집중하지 못하고 이러고 있으면 누가 손해인지 생각했어요. 결국에는 저 자신이었어요. 그녀와는 인연이 아니었던 거예요. 제가 해야 할 것에 집중하기로 했어요.

좋아하는 사람한테 연락이 오지 않으면 끝까지 시도하는 것도 방법이고 빨리 포기하는 것도 방법이에요. 답은 없어요. 그런데 본인의 삶이 무너지면서까지 잘해보려고 하는 것은 좋지 않아요.

물론 그 아픔이 나중에 누군가를 위해 어떠한 형태로든지 위로해 줄 수도 있지만, 그것뿐이에요. 더 가치 있는 데에 본인의 시간을 쓰는 게 좋지 않을까요?

본인의 삶을 포기하면서까지 너무 오래 기다리지는 않으면 좋겠어요.

진급에서 누락됐을 때

계속 올라갈 수만은 없어요

앞으로 무엇을 하면 좋을까요?

당신이 얼마나 천천히 가든, 멈추지 않는 한 상관없다.

– 공자

진급돼야 할 때 누락되면 보통 이런 생각을 해요.

1. 이 회사에 계속 다녀야 하나?

----

2. 내 능력이 부족한가?

----

3. 상사에게 잘못했나?

만약에 동기들은 진급했는데 본인만 못하면 더 씁쓸한 감정이 들어요. 이번 기회에 객관적으로 본인을 돌아볼 수 있다면 지금이 헛되지만은 않을 거예요. 객관적으로 자신을 바라보기 싫더라도 바라보세요. 그래야 앞으로 무엇을 할지 방향이 세워질 수 있어요.

회사를 계속 다녀야 하는 여부는 나중에 생각해도 돼요. 우선은 본인의 업무를 잘 해냈는지 한번 돌아보세요. 그렇지 않았다면 올해는 더 잘 해내면 되지 않을까요? 이러한 이유로 누락된 것이라면 그래도 받아들일 수 있어요.

만약에 업무를 잘 소화해 냈음에도 불구하고 다른 이유로 진급에서 누락된 것이라면 더 깊이 생각해 볼 필요가 있어요. 예를 들어 상사의 개인적인 이유로 그랬다면 팀을 떠나는 것을 고려해 보세요. 앞으로 일을 잘하더라도 좋은 평가를 받기란 쉽지 않을 거예요.

팀 변경이 쉽지 않은 환경이라면 이제는 회사를 떠나는 것도 고려해 볼 필요가 있어요. 만약 팀 변경이 되지 않아도 회사 환경이 좋다면, 본인의 현재 직급에서 나름 만족할 수 있는지도 고려해 보세요. 그렇다면 본인의 에너지를 회사에 덜 쓰고 더 가치 있는 데에 쓰는 것도 방법일 수 있어요. 진급에서 누락되었다는 이유로 좌절해 있지만 않기를 바라요.

회사 구조상 누가 누구를 평가하고 진급시키는 것은 피할 수 없어요. 반대로 진급을 시키지 않을 수도 있어요. 중요한 것은 본인이 본인을 객관적으로 바라보고 그 상황에 맞게 앞으로 어떤 계획을 세우는지예요. 개인마다 처해 있는 상황이 다르지만, 그 환경 속에서 자신의 길을 찾아갈 수 있다면 의미가 있지 않을까요?

의미 있는 곳에 에너지를 써보세요.

첫째로 태어났을 때

태어날 때는 선택권이 없었지만, 지금은 있어요

첫째로 태어난 의미가 무엇일까요?

첫째가 되는 것은 때로 불평하고 싶을 만큼 힘들지만,

그 힘듦이 나를 만들어 간다.

– 브레네 브라운

저는 첫째로 태어났어요.

제가 첫째로서 받은 교육은 이러했어요.

137

1. 의젓해야 한다.

----

2. 울면 안 된다.

----

3. 동생을 챙겨야 한다.

첫째로서 의젓해야 했어요. 의젓한 것과 원하는 것을 표현하는 것은 다른 줄 알았어요. 저는 집에서 표현하고 싶은 것은 자유롭게 표현하며 산 줄 알았어요. 그런데 저도 모르게 제 감정을 억누르고 살았어요.

그 사실을 상담받으면서 알게 됐어요. 상담 프로그램의 하나로 화를 표현하는 시간이 있었어요. 큰 타이어를 막대기로 치면서 화를 푸는 과정이었어요. 그때 같이 상담받은 사람들로부터 제가 받은 피드백은 무엇인가에 억눌려 있다는 것이었어요. 두 번째 시간에는 제 옆에서 코칭 해주시던 분이 한마디 했어요. "동생처럼 해봐." 저는 그 얘기를 듣자마자 옆에 있는 쓰레기통도 타이어에 집어 던졌어요. 저도 모르게 그동안 집에서 많은 것을 억누르며 살아왔다는 것을 그때 알게 됐어요.

한 집안의 아들은 울면 안 된다고 배웠어요. 그래서 그런지 지금도 슬픈 상황에서 눈물이 잘 나지 않아요. 아직 눈물로 슬픔을 표현하는 데는 시간이 더 필요해요. 그래도 슬픈 영화를 보면 눈물이 날 때 있어요. 그렇게 하면 조금은 위안이 돼요. 더 위안이 되는 것은 슬픈 감정을 글로 표현하는 거예요. '이래서 슬펐구나. 이래서 울고 싶었구나.'라고 쓰면 슬픈 감정이 그나마 해소돼요.

어렸을 때 동생과 같은 유치원을 다녔어요. 5살 정도 됐을 때, 동생과 같이 유치원 버스를 타면 저는 잠을 자지 않았어요. 옆에서 동생은 잠을 잤어요. 아마 저까지 잠을 자면 내려야 할 정류장에 내리지 못할까 봐 그랬을 거예요. 어린아이인 저도 자고 싶었을 텐데 첫째가 지녀야 할 책임감에 깨어 있었어요.

첫째라는 틀 안에 갇혀 지금까지 자신의 모습으로 살아오지 못한 부분이 분명히 있을 거예요. 그 틀을 하나씩 벗기고 본인의 모습을 찾으세요. 첫째로 살아가는 것보다 자신으로 살아가는 것이 낫잖아요.

앞으로는 조금 더 자유롭게 살아도 되지 않을까요?

환경 변화가 필요할 때

생각의 변화가 필요해요

어떠한 환경에 있고 싶나요?

우리의 환경은 우리가 만든 것이다.

그 환경에 의해 살아가려 한다면, 그것은 결국 우리의 선택이다.

– 조지 버나드 쇼

먼저는 본인이 지금 어떠한 환경에 속해 있는지 명확히 아는 것이 필요해요.

제가 지금 속해 있는 환경은 부정적인 환경이에요. 매일

한숨 쉬고 다른 사람 뒷이야기를 밥 먹듯이 하는 사람이 옆에 있어요. 그래서 그 사람과 최대한 멀리 지내려 하는데 쉽지는 않아요. 제가 할 수 있는 노력은 최대한으로 해보고 있는데 아직은 궁극적인 해결 방안을 찾지 못했어요.

본인이 원하는 환경을 찾아야 해요. 저는 긍정적인 환경에 있고 싶어요. 먼저는 지금 속해 있는 환경의 변화가 필요하다는 것은 인지하고 있어요. 인지해서 행동으로 옮겼지만, 계획대로 되지 않아 아직은 같은 환경에 있어요. 이것도 핑계일까요? 더 적극적으로 노력해야 했을까요? 앞으로 더 노력해서 긍정의 기운이 있는 사람 옆에 있을 수 있도록 해보려고요.

그렇다면 저는 어떤 사람일까요?

한편으로 제가 바라는 점이 모순일 수도 있겠다는 생각도 해요. 위에 쓴 내용을 보면 저 자신도 모르게 환경 탓을 하고 있어요. 남을 탓해서는 절대로 발전이 없다는 것을 알면서도 그래요. 저 자신이 그렇지 않은데 그러한 환경에 있고 싶다는 것은 이기적인 욕심이지 않을까요?

그렇다면 제가 지금 할 수 있는 게 무엇일까요?

지금 환경에서 할 수 있는 것을 먼저 하는 게 중요해요.

1. 책 출간
----
2. 운동
----
3. 어디에서든지 적응할 수 있는 능력 키우기

여러 마리의 물고기가 있는 두 개의 다른 어항이 있어요. 하나의 어항에는 천적이 들어가 있고 다른 어항에는 천적이 없어요. 나중에 두 개의 어항을 비교해 보니 천적이 들어 있는 물고기가 더 많이 살아있다는 거예요.

오히려 불편한 환경이 자신을 더 발전시킬 수도 있어요.

"인생은 원하는 대로 흘러가지 않아요.

그런데도 지금까지 버텨온 당신은

앞으로도 버틸 힘이 있다는 거예요.

좋은 날의 당신을 상상해 보세요."